PANIQUE AU MANOIR

M.C. BEATON

Agatha Raisin
ENQUÊTE

PANIQUE
AU MANOIR

roman

*Traduit de l'anglais
par Françoise du Sorbier*

ALBIN MICHEL

Ce livre est un ouvrage de fiction. Les noms, les personnages et les événements relatés sont le fruit de l'imagination de l'auteur ou sont utilisés à des fins de fiction.

© Éditions Albin Michel, 2018
pour la traduction française

Édition originale anglaise parue sous le titre :
AGATHA RAISIN AND THE FAIRIES OF FRYFAM
© M. C. Beaton, 2000
chez St. Martin's Press, New York.
Tous droits réservés.
Toute reproduction totale ou partielle est interdite
sans l'accord préalable de l'éditeur.

*À Rose Mary et Tony Peters de Fort Lauderdale,
affectueusement.*

1

Agatha Raisin vendait sa maison et quittait Carsely pour de bon.

Ou plutôt, tel avait été son projet.

Elle avait déjà loué un cottage dans un village du Norfolk : Fryfam. Elle l'avait choisi à l'aveugle, ne connaissant ni le village, ni le Norfolk. Mais c'est là qu'une voyante lui avait prédit que son destin s'accomplirait. Son voisin immédiat, le grand amour de sa vie, James Lacey, avait déserté Carsely sans lui dire au revoir, aussi avait-elle décidé de s'installer là-bas et choisi un village en piquant une aiguille au hasard sur la carte. Un coup de téléphone au poste de police de la ville lui avait permis d'obtenir les coordonnées d'un agent immobilier, elle avait trouvé un cottage à louer, et il ne lui restait plus qu'à vendre le sien et à quitter les lieux.

Mais les acheteurs potentiels ne lui plaisaient pas. Soit les femmes étaient trop jolies – et Agatha ne voulait pas qu'une séduisante créature habite à côté de chez James –, soit elles étaient revêches et désagréables, et elle ne tenait pas à infliger leur présence aux villageois.

Elle devait emménager dans sa maison du Norfolk au début du mois d'octobre, et la fin septembre approchait. Les feuilles aux couleurs bigarrées de l'automne tourbillonnaient sur les petites routes des Cotswolds. C'était un été indien aux journées moelleuses et ensoleillées et aux soirées brumeuses. Jamais Carsely n'avait été aussi beau. Mais Agatha était bien décidée à se débarrasser de son obsession pour James Lacey. Fryfam était sans doute très beau également.

Elle s'efforçait de consolider sa détermination chancelante quand elle entendit sonner. Elle découvrit un petit couple rondouillard sur le pas de sa porte. « Bonjour », lança allègrement la femme. « Nous sommes Mr et Mrs Baxter-Semper. Nous souhaiterions visiter la maison.

– Il fallait prendre rendez-vous avec l'agent immobilier, grommela Agatha.

– Mais on a vu l'écriteau À VENDRE en passant.

– Entrez. Vous pouvez faire le tour de la maison. Vous me trouverez dans la cuisine si vous avez des questions à me poser. »

Agatha but une tasse de café noir debout et alluma une cigarette. Par la fenêtre, elle apercevait ses chats, Hodge et Boswell, en train de jouer dans le jardin. Ce que ça devait être chouette d'être un chat, se dit-elle amèrement. Pas d'amours malheureuses, pas de responsabilités, pas de factures à payer, et rien d'autre à faire que se prélasser au soleil et attendre qu'on vous donne à manger.

Le couple circulait à l'étage. Un bruit de tiroirs qu'on ouvrait et fermait lui parvint aux oreilles. Elle alla se poster en bas de l'escalier et cria : « Vous êtes censés regarder la maison, pas fouiller dans mes culottes. » Un silence scandalisé lui répondit. Puis le couple redescendit.

« Nous pensions que vous laisseriez aussi vos meubles, dit la femme en manière d'excuse.

– Non, ils vont au garde-meubles, répliqua Agatha d'une voix lasse. Je loue dans le Norfolk en attendant de trouver une maison à acheter. »

Mrs Baxter-Semper regarda par-dessus l'épaule de son interlocutrice.

« Dis donc, Bob, on pourrait abattre le mur de la cuisine pour faire un joli jardin d'hiver. »

Seigneur, se dit Agatha, une de ces horribles excroissances blanches en bois et alu à l'arrière de mon cottage !

Debout devant elle, ils semblaient attendre qu'elle leur offre du thé ou du café.

« Je vous raccompagne », leur dit-elle d'un ton peu amène.

Comme elle claquait la porte dans leur dos, elle entendit Mrs Baxter-Semper s'exclamer : « Quelle bonne femme désagréable !

– Cela dit, la maison est idéale pour nous », déclara le mari.

Agatha décrocha son téléphone pour appeler l'agence immobilière.

« J'ai décidé que je ne vendais plus pour l'instant. Oui, c'est Mrs Raisin. Non, je ne veux plus vendre. Merci d'enlever votre écriteau. »

En reposant l'appareil, elle se sentit beaucoup mieux que ces derniers temps. Quitter Carsely n'était pas la solution.

« Alors vous avez renoncé à partir dans le Norfolk ? s'exclama Mrs Bloxby, la femme du pasteur, un peu plus tard ce jour-là. Quelle chance, vous restez parmi nous !

– Pas du tout, je vais bien dans le Norfolk. Histoire de me changer les idées. Mais je reviendrai. »

L'épouse du pasteur était une femme avenante aux cheveux gris et au regard bienveillant. Malgré ses chaussures plates, son chemisier en soie, sa jupe en tweed à l'ourlet inégal et son vieux cardigan, elle avait l'allure d'une grande dame. Un style à l'opposé de celui d'Agatha Raisin, dont la silhouette trapue était affinée par un tailleur ajusté à jupe courte découvrant ses très jolies jambes ; ses cheveux brillants étaient coupés en carré chic et ses petits yeux d'ourse, à la différence de ceux de Mrs Bloxby, examinaient le monde avec une expression soupçonneuse et méfiante.

Elles étaient bonnes amies, mais s'appelaient toujours par leurs noms de famille, Mrs Bloxby et Mrs Raisin – car telle était l'habitude de la Société des dames de Carsely, à laquelle elles appartenaient toutes deux.

Elles étaient assises dans le jardin du presbytère en cet après-midi de fin d'automne, enveloppées par la douce lumière dorée.

« Des nouvelles de James Lacey ? demanda Mrs Bloxby d'une voix douce.

– Oh, j'ai presque oublié son existence. »

La femme du pasteur posa sur Agatha un regard insistant. La journée était calme. Une rose tardive s'épanouissait, superbe touche de rouge sur les murs de chaleureuse pierre blonde du presbytère. Au-delà du jardin se trouvait le cimetière, dont les pierres tombales de guingois projetaient leurs ombres sur l'herbe haute. La cloche de l'église sonna six heures à la volée.

« Les jours raccourcissent, constata Agatha. En vérité, je ne suis pas guérie de James. Voilà pourquoi je m'en vais. Loin des yeux, loin du cœur.

– Ça ne marche pas comme ça. » Mrs Bloxby tira sur un petit fil de laine qui dépassait de son cardigan. « Vous laissez quelqu'un loger gratis dans votre tête.

– C'est du jargon de psy, rétorqua Agatha, sur la défensive.

– Peut-être, mais c'est la vérité. Vous allez partir dans le Norfolk, mais il sera encore là-bas avec vous, à moins que vous ne fassiez l'effort nécessaire pour le chasser de vos pensées. Même si j'espère que vous n'allez pas être mêlée à d'autres meurtres,

Agatha, il y a des moments où je souhaiterais presque que quelqu'un assassine James.
— Quelle réflexion horrible !
— Elle m'a échappé. Tant pis. Pourquoi le Norfolk et pourquoi ce village, comment s'appelle-t-il, déjà ? Fry... farm ?
— J'ai piqué une épingle au hasard sur une carte. Vous comprenez, une voyante m'a dit que je devrais aller par là-bas.
— Et on s'étonne que les églises se vident, murmura Mrs Bloxby, comme pour elle-même. Avoir recours à des extralucides et à des voyantes traduit un manque de spiritualité. »
Agatha accusa le coup.
« Je vais là-bas pour le plaisir.
— Un plaisir coûteux, louer un cottage ! Et l'hiver, dans le Norfolk, vous allez vous geler.
— Il fera très froid ici aussi.
— C'est vrai, mais le Norfolk est si... plat.
— Voilà qui ressemble à la réplique d'une pièce de Noël Coward.
— Vous allez me manquer, s'émut Mrs Bloxby. Je suppose que vous voulez que je vous appelle si James rentre ?
— Non... enfin, si.
— Je me disais aussi... Un peu de thé ? »

Agatha trouva que le jour de son départ arrivait trop vite. Son envie de quitter Carsely l'avait complètement abandonnée. Mais il faisait beau et exceptionnellement doux, et elle avait payé un acompte substantiel pour retenir son cottage à Fryfam, ce fut donc à contrecœur qu'elle mit ses valises dans le coffre de sa voiture et sur sa galerie de toit toute neuve.

Le matin de son départ, elle déposa ses clés à sa femme de ménage, Doris Simpson, et retourna chez elle pour faire entrer ses chats, Hodge et Boswell, dans leur cage de transport respective. En quittant Lilac Lane, elle jeta un dernier coup d'œil nostalgique au cottage de James, tourna au coin de la rue et accéléra pour monter la colline boisée qui menait hors du village. Les chats étaient installés sur la banquette arrière et une carte routière s'étalait à côté d'elle sur le siège passager.

Elle eut du soleil jusqu'à l'approche des limites du comté de Norfolk. Alors, le ciel se couvrit sur un paysage plat et austère.

Le Norfolk était devenu une partie de l'East Anglia après l'invasion des Anglo-Saxons au Ve siècle. « North Folk », autrement dit le pays des gens du Nord. Cette région était à l'origine le plus grand marécage d'Angleterre. Les Romains avaient aménagé des étapes sur les sites en hauteur. Ils avaient essayé d'assécher le sol et construit quelques voies traversant les Fens, comme on appelle les marais. Mais après l'arrivée des Anglo-Saxons, leurs travaux furent laissés à l'abandon et le premier système de drainage efficace ne fut mis en œuvre qu'au XVIIe siècle, à l'aide d'une série de digues et de canaux.

Habituée aux routes sinueuses et aux collines des Cotswolds, Agatha trouva infiniment déprimant ce paysage sans relief qui s'étendait à perte de vue.

Elle s'arrêta sur une aire et étudia sa carte. Les chats griffaient sans relâche le fond de leurs cages derrière elle. « On est bientôt arrivés ! » leur criat-elle. Impossible de repérer Fryfam. Elle prit une carte d'état-major et finit par trouver le village. Elle consulta alors sa carte routière, et de nouveau, maintenant qu'elle avait compris où il était, le nom lui sauta aux yeux. Pourquoi ne l'avait-elle pas remarqué jusqu'à présent ? Il était situé au cœur d'un réseau de routes de campagne. Elle nota soigneusement le numéro de toutes celles qui y menaient et repartit. Le ciel s'assombrissait et un fin crachin commençait à mouiller le pare-brise.

Enfin, avec un soupir de soulagement, elle vit un panneau annonçant « FRYFAM » et suivit la direction indiquée par le doigt blanc. La route était à présent bordée de pins des deux côtés et la campagne devenait plus vallonnée. Un dernier virage, et un écriteau portant le nom de Fryfam lui annonça qu'elle était arrivée. Elle s'arrêta une dernière fois pour sortir les indications de l'agent immobilier. Lavender Cottage, son nouveau domicile temporaire, se trouvait dans Pucks Lane, de l'autre côté de l'ancien pré communal qui était aujourd'hui la place du village.

Une très vaste place, nota Agatha en la contournant. Elle remarqua des maisons aux murs en silex, blotties les unes contre les autres, un pub, une église et, longeant le cimetière, Pucks Lane. Après avoir allumé ses phares, elle avisa un panneau décoloré signalant « PUCKS LANE », tourna à gauche et s'engagea dans un chemin cahoteux. La ruelle était étroite et Agatha roula très doucement, priant pour ne pas croiser de voiture venant en sens inverse : elle n'était pas douée pour les marches arrière. Au bout était niché le cottage, une maison à un étage, en brique et silex, paraissant très ancienne. Elle s'affaissait légèrement du côté du jardin, qui était grand, très grand. Agatha descendit, tout ankylosée, et jeta un coup d'œil par-dessus la haie.

L'agent immobilier avait dit que la clé serait sous le paillasson. Elle se pencha et la trouva. C'était une très grosse clé, digne d'une porte d'église. Elle eut du mal à ouvrir mais, avec un vigoureux mouvement de torsion, finit par faire tourner la clé dans la serrure. À tâtons, elle sentit un interrupteur à côté de la porte, alluma et regarda autour d'elle. Elle était dans une petite entrée, qui donnait sur une salle à manger à droite, un salon à gauche. Il y avait des poutres noires au plafond. Une autre porte au fond donnait sur une cuisine moderne.

Agatha inspecta l'intérieur des placards. Il y avait abondance de vaisselle et une batterie de cuisine complète. Retournant à la voiture, elle rapporta un grand carton de provisions variées. Elle en sortit deux boîtes de pâtée pour chats, les ouvrit et en versa le contenu dans deux écuelles, en emplit deux autres d'eau, puis retourna chercher Hodge et Boswell. Une fois assurée qu'ils mangeaient tranquillement, elle entreprit de transporter ses bagages dans la maison et les laissa dans l'entrée. Ce dont elle avait envie avant tout, c'était d'une tasse de café et d'une cigarette. Elle avait renoncé à fumer dans la voiture depuis le jour où, ayant laissé tomber une cigarette allumée sur son chemisier, elle avait failli avoir un accident.

Assise à la table de la cuisine, elle se rendit compte de deux choses : d'abord, la cuisine n'était pas équipée d'un micro-ondes. Or récemment, elle avait renoncé à ses efforts culinaires et recommencé à se nourrir exclusivement de surgelés. Ensuite, il faisait un froid de gueux dans le cottage. Elle se leva et se mit en quête d'un thermostat pour allumer le chauffage central. En vain. Elle dut se rendre à l'évidence : il n'y avait pas de radiateurs. En passant dans le salon, elle découvrit une cheminée assez vaste pour y rôtir un bœuf, au pied de laquelle se trouvait un panier de bûches, ainsi qu'un paquet d'allume-feu et une pile de vieux journaux. Elle fit une flambée. Au moins les bûches étaient-elles sèches et bientôt elles crépitèrent gaiement. Agatha inspecta de nouveau la maison. Il y avait une cheminée dans chaque pièce, hormis la cuisine où, dans un placard, elle trouva un radiateur à gaz.

C'est ridicule, pensa-t-elle. Je vais dépenser une fortune à chauffer cette maison. Elle sortit dans le jardin, qui lui sembla toujours aussi vaste et demanderait les services d'un jardinier. La pelouse était recouverte d'une épaisse couche de feuilles mortes. On était samedi. L'agence serait fermée jusqu'à lundi.

Après avoir déballé ses provisions et rangé soigneusement tous ses repas surgelés, elle déverrouilla la porte de derrière. Dans le jardin, il y avait un espace d'herbes hautes prévu pour faire sécher le linge, et pas grand-chose d'autre. Tandis qu'elle l'examinait, elle se mit à cligner des yeux. De drôles de petites lumières colorées dansaient au fond du jardin. Des lucioles ? Pas dans une région froide comme le Norfolk. Elle se dirigea vers les lumières, mais elles disparurent brusquement à son approche.

Son estomac se mit à gargouiller, lui rappelant qu'elle ne l'avait pas rempli depuis un certain temps. Elle ferma la maison et descendit jusqu'au pub voir si elle pouvait se faire servir un repas. Mais à la moitié de la ruelle, elle poussa un gémissement : elle n'avait pas sorti les caisses à litière de ses chats ! Elle rebroussa chemin, répara son oubli et repartit.

Le pub s'appelait le Green Dragon, signalé par une enseigne grossièrement ornée d'un dragon vert. Agatha entra. Il n'y avait que quelques clients, tous des hommes et tous très petits, qui la regardèrent sans mot dire s'approcher du bar.

C'était un pub silencieux : ni musique, ni machine à sous, ni télévision. Personne derrière le bar. L'estomac d'Agatha gargouilla de nouveau.

« On peut se faire servir ? » cria-t-elle. Elle se tourna vers les autres clients, qui se hâtèrent de baisser les yeux vers le sol dallé de pierres.

Elle se retourna impatiemment vers le comptoir, se demandant avec amertume dans quel trou elle avait échoué. Le cliquetis rapide de hauts talons retentit et il y eut une apparition de l'autre côté du bar : une blonde sculpturale pareille à une figure de proue. Son épaisse chevelure naturellement blonde ondulait doucement autour d'un visage au teint velouté, et de très grands yeux d'un bleu profond.

« Qu'est-ce que je vous sers, madame ? demanda-t-elle d'une voix douce.

— J'ai faim, déclara Agatha. Vous avez quelque chose à manger ?

— Je regrette, nous ne servons pas de repas.

— Oh, pour l'amour du ciel ! s'exclama Agatha exaspérée. Est-ce que je peux prendre un repas quelque part dans ce village préhistorique ?

— Eh bien, vous avez de la chance. Il me reste une part de notre tourte à la viande. Ça vous irait ? proposa-t-elle à Agatha avec un sourire éblouissant.

— Ma foi oui, répondit celle-ci, radoucie.

— Venez par ici, dit-elle en tenant ouvert l'abattant du bar. Vous devez être la dame qui a loué Lavender Cottage, Mrs Raisin ? »

Agatha la suivit à l'arrière, dans une grande cuisine sombre où trônait une table en bois brossé.

« Installez-vous donc, Mrs Raisin.
– Et vous, vous vous appelez... ?
– Mrs Wilden. Je peux vous offrir un verre de bière ?
– J'aimerais mieux du vin, si ce n'est pas abuser.
– Mais pas du tout. »

Mrs Wilden disparut et revint peu après avec une carafe de vin et un verre à pied. Après quoi, elle disposa un couteau, une fourchette et une serviette devant Agatha, ouvrit la porte du four de la cuisinière Aga en fonte et en sortit un plat sur lequel se trouvait un morceau de tourte à la viande. D'une autre porte, elle tira une lèchefrite couverte de pommes de terre rôties. Une autre porte encore, et ce fut un plat de carottes, brocolis et petits pois qui surgit. Mrs Wilden posa une énorme assiettée sous le nez d'Agatha, ajouta une sauce de viande fumante qu'elle sembla faire apparaître par miracle, ainsi qu'un panier garni de petits pains croustillants, et un gros morceau de beurre. Agatha trouva non seulement le plat délicieux, mais jamais elle n'avait bu un aussi bon vin. Normalement, elle ne faisait pas la différence entre les vins. Là, elle avait conscience de boire un cru exceptionnel et regrettait que son ami sir Charles Fraith ne puisse le goûter pour l'identifier. Elle se tourna pour poser la question à Mrs Wilden, mais la beauté blonde avait déjà regagné le bar.

Agatha mangea à satiété. Repue et légèrement pompette, elle retourna au bar.

« Tout s'est bien passé ? s'assura Mrs Wilden.

– C'était absolument délicieux. Combien je vous dois ? » s'enquit Agatha, sortant son portefeuille.

Une expression de surprise passa dans les beaux yeux bleus.

« Je vous ai pourtant dit que nous ne faisions pas restaurant.

– Mais...

– Alors c'est de bon cœur que je vous ai invitée. Maintenant, vous devriez rentrer dormir. Vous êtes sûrement fatiguée.

– Merci beaucoup, répondit Agatha en rangeant son portefeuille. Il faudra que votre mari et vous veniez dîner chez moi un soir.

– C'est très gentil mais il est mort, et moi je suis seule pour faire tourner la boutique.

– Oh, pardon ! rectifia Agatha, gênée, tandis que Mrs Wilden ouvrait l'abattant pour la laisser passer dans la salle. Comme vous avez dit "notre tourte", j'ai cru...

– Je parlais de ma mère et moi.

– En tout cas, vous avez été très aimable. Peut-être pourrais-je offrir une tournée générale ici... »

Les clients, qui parlaient à mi-voix, se turent tous brusquement en entendant ces mots.

« Pas ce soir. Il ne faut pas trop les caresser dans le sens du poil, pas vrai, Jimmy ? »

Ledit Jimmy, un vieillard tordu par les rhumatismes, marmonna quelques mots en regardant d'un œil affligé sa chope vide.

Agatha se dirigea vers la porte. « Encore merci, lança-t-elle. Oh, dites-moi, j'ai vu de drôles de lumières qui dansaient au fond de mon jardin. Est-ce que ce sont des insectes du coin, un genre de lucioles ? »

Pendant quelques instants, il régna dans le pub un silence absolu. Tous les clients parurent se figer comme des statues. Puis Mrs Wilden prit un verre et entreprit de l'essuyer. « On n'a pas de bestioles comme ça par ici. Vos pauvres yeux doivent être fatigués par le voyage.

– Possible », dit Agatha en haussant les épaules. Et elle sortit dans la nuit.

Elle se souvint qu'elle avait laissé le feu allumé sans mettre de pare-feu devant la cheminée. Elle rentra donc à la course, terrifiée à l'idée de retrouver ses chats adorés complètement grillés. Elle fouilla dans son sac à la recherche de la clé disproportionnée. Il faudrait huiler cette serrure. Elle ouvrit la porte et fit irruption dans le salon. Le feu rougeoyait et ses chats étaient étalés devant la cheminée. Avec un soupir de soulagement, elle se pencha pour caresser leur fourrure chaude. Puis elle monta se coucher. Il y avait deux chambres, l'une avec un lit double et l'autre avec un lit pour une personne. Elle choisit le grand. Le matelas était couvert d'une épaisse couette bien moelleuse. Elle explora ensuite la salle de bains, où elle découvrit un chauffe-eau électrique. Il faudrait des heures avant que l'eau soit assez chaude pour un bain. Elle le brancha, se lava le visage et les dents, puis alla se coucher et sombra dans un sommeil profond, sans rêves.

Le lendemain matin, un grand soleil brillait. Agatha prit un bon bain et son habituel petit déjeuner de café noir accompagné de trois cigarettes. Elle fit sortir ses chats dans le jardin à l'arrière de la maison et, retournant dans la cuisine, examina l'inventaire laissé par l'agent immobilier. Ayant une longue expérience des locations, elle savait qu'il était important de vérifier les inventaires. Elle comptait bien récupérer sa caution et n'entendait pas devoir payer pour des dégâts imaginaires.

Elle était à la moitié de sa tâche quand on frappa à la porte. Sur le seuil, elle découvrit quatre femmes.

La meneuse du groupe était une créature longiligne vêtue d'une doudoune sans manches sur une chemise à carreaux et d'un pantalon de velours qui pochait aux genoux.

« Je suis Harriet Freemantle, dit-elle. Je vous ai apporté un gâteau. Nous appartenons toutes au Club des femmes de Fryfam. Je vous présente Amy Worth », une petite créature effacée en robe informe sourit timidement en tendant à Agatha un pot de chutney, « et Polly Dart », une grande bringue, habillée dans un style « sport et campagne », avec des sourcils broussailleux et un soupçon de moustache, qui annonça d'une voix de stentor : « Voici des scones maison. » La dernière à s'avancer – Carrie Smiley – était assez jeune, la trentaine ; une brune aux yeux noirs, bien faite, en jean et T-shirt. « Je vous ai apporté mon vin de sureau, dit-elle.

– Entrez, je vous en prie, proposa Agatha, les conduisant à la cuisine.

– Ils l'ont bien arrangée, la maison du vieux Cutler, constata Harriet pendant qu'elles posaient toutes leurs offrandes sur la table.

– Cutler ? répéta Agatha, branchant la bouilloire.

– Un vieux qui habitait ici depuis des lustres. C'est sa fille qui loue la maison. C'était dans un état, quand il est mort ! Il ne jetait jamais rien.

– C'est curieux qu'elle ne l'ait pas vendue. Ça ne doit pas être facile à louer.

– Je ne pourrais pas vous dire, répondit Harriet. Vous êtes la première.

– Café pour tout le monde ? » Il y eut un chœur d'assentiments. « Et si nous goûtions le gâteau de Mrs Freemantle ? continua Agatha.

– Harriet. Nous nous appelons par nos prénoms.

– Comme vous le savez sans doute, je suis Agatha Raisin. Dans mon village de Carsely, je suis membre d'une société de dames.

– Une société de "dames" ! s'exclama Carrie. C'est comme ça que vous l'avez baptisée ?

– Nous sommes un peu vieux jeu. Et nous nous appelons toutes par notre nom de famille. »

Harriet coupait prestement le délicieux gâteau au chocolat dont elle disposa les tranches sur des assiettes. Attention aux kilos, pensa Agatha. D'abord ce repas pantagruélique au pub, et maintenant ce gâteau au chocolat...

Quand le café fut versé, elles emportèrent leurs tasses et leurs assiettes dans le salon.

« Voulez-vous que j'allume un feu ? suggéra Agatha.

– Non, nous avons toutes assez chaud, assura Harriet sans consulter les autres.

– Ils auraient tout de même pu installer le chauffage central, se plaignit Agatha. Le loyer est déjà bien assez élevé sans devoir en plus payer du bois.

– Oh, mais ce n'est pas le bois qui manque par ici, dit Polly. Il y a une remise pleine de bûches au fond du jardin.

– Je ne l'ai pas remarquée. Mais il faisait sombre à mon arrivée. Oh, pendant que j'y pense, j'ai vu des lumières bizarres danser au fond du jardin. »

Il y eut un silence. Puis Carrie demanda : « Il vous manque quelque chose dans la maison ?

– Je suis justement en train de pointer l'inventaire. Pourquoi ? »

Un autre silence. Harriet le rompit en disant :

« Nous nous demandions si vous accepteriez

d'être membre honoraire de notre club pendant votre séjour ici. Nous faisons du matelassage.

– Qu'est-ce que c'est ? » marmonna Agatha, la bouche pleine. Pourquoi diable ne voulaient-elles pas parler de ces lumières ?

« Nous confectionnons des couettes en patchwork. Vous savez, on coud des carrés de tissus colorés sur de vieilles couvertures. »

Toujours poussée par son esprit de compétition, Agatha répugna à admettre qu'elle ne savait pas coudre : « J'irai y faire un tour. Vous avez été vraiment adorables de venir ainsi les mains pleines.

– Alors, à ce soir, se réjouit Harriet. Je passerai vous prendre à sept heures, juste après l'office du soir. Vous êtes anglicane ?

– Oui », répondit Agatha, qui n'était rien du tout, mais qui considérait que son amitié avec Mrs Bloxby la qualifiait comme membre de l'Église d'Angleterre.

« Dans ce cas, je vous retrouverai à l'église ce soir et nous ferons le chemin ensemble. »

Agatha s'apprêtait à mentir en disant qu'elle ne se sentait pas assez d'aplomb pour sortir de chez elle, quand Polly déclara à brûle-pourpoint : « Allez, racontez-nous tout sur votre chagrin d'amour. »

Agatha rougit.

« Que voulez-vous dire ?

– Lorsqu'on nous a annoncé votre arrivée, précisa Harriet, et expliqué que vous veniez d'un village des Cotswolds, nous nous sommes demandé pourquoi vous souhaitiez louer dans une autre région, et nous sommes arrivées à la conclusion qu'il y avait là-dessous un chagrin causé par un homme et que vous vouliez prendre le large. »

Ah, mais vous commencez déjà à me courir ! pensa Agatha. Elle adressa un sourire à la ronde, un de ces sourires carnassiers annonçant qu'Agatha Raisin allait proférer un énorme mensonge.

« En fait, j'écris un livre. Je voulais trouver un endroit où j'aurais la paix pour travailler. Vous comprenez, j'ai sans arrêt les visites de vieux amis de Londres et je n'ai plus assez de temps à moi. Je vous accompagnerai ce soir, mais normalement, je mène une vie de recluse.

– Qu'est-ce que vous écrivez ? demanda Amy.

– Un roman policier.

– Vous avez le titre ?

– *Panique au manoir*, dit Agatha, improvisant au fur et à mesure.

– Et qui est votre détective ?

– Un baronnet.

– Vous voulez dire que votre personnage ressemble à lord Peter Wimsey[1] ?

– Si vous voulez bien, ne parlons plus de mon livre, rétorqua Agatha. Je n'aime pas en discuter.

– Dites-nous seulement si vous en avez déjà publié d'autres.

– Non. C'est mon premier essai. Je suis détec-

---

1. L'enquêteur dans les romans de Dorothy Sayers.

tive dans la vie, et j'ai pensé que je pourrais romancer quelques-unes de mes aventures.

– Vous travaillez pour la police ? demanda Harriet.

– Ça peut m'arriver », dit fièrement Agatha, qui se mit à raconter non sans complaisance les affaires qu'elle avait résolues. À sa grande contrariété, juste au moment où elle arrivait au clou de l'une d'entre elles, Harriet se leva et déclara abruptement : « Désolées, il faut que nous partions. »

Agatha les raccompagna jusqu'au portail et agita la main quand elles s'éloignèrent. Puis elle resta un moment appuyée à la grille, à profiter du soleil.

La voix lointaine de Harriet lui parvint.

« Elle ment, c'est certain.

– Tu crois ? (La voix d'Amy)

– Ben voyons. Il n'y a pas un mot de vrai dans tout ça. Cette femme ne sait probablement pas aligner deux mots à l'écrit. »

Agatha serra les poings. Ah, la sale jalouse ! Eh bien, elle en prendrait pour son grade. Elle, Agatha Raisin, allait écrire un livre ! Elle avait apporté son ordinateur et son imprimante, et écrire n'était pas sorcier ; elle avait rédigé suffisamment de communiqués de presse en son temps, à l'époque où elle s'occupait de relations publiques. L'idée la galvanisait : quand son nom serait tout en haut de la liste des best-sellers, James la regarderait d'un autre œil.

En rentrant dans la maison, elle jeta un coup d'œil par-dessus la haie, dans l'allée où sa voiture était garée, sur le côté de la maison. Qu'avaient-elles voulu dire avec cette histoire de disparition d'objets ?

Ouvrant la porte de la cuisine, elle alla jusqu'au fond du jardin de derrière, où elle trouva derrière une rangée d'arbres une remise pleine de bois coupé. Ses chats sur les talons, elle regagna la cuisine. Au moins, eux, ils étaient heureux dans cette maison, se dit-elle. Elle leur donna à manger, puis reprit sa vérification de l'inventaire, tout en continuant à s'interroger sur la visite des femmes du village. Avaient-elles des maris ? Elles ne pouvaient pas toutes être veuves.

L'inventaire achevé, elle vida le contenu d'un paquet dont l'étiquette annonçait « Authentique Curry Bengali » dans une casserole. Il faudrait qu'elle achète un four à micro-ondes. Elle mangea le ragoût réchauffé, puis décida de se mettre à l'écriture de son livre.

Après avoir installé son ordinateur sur la table de la cuisine, elle tapa : « Chapitre Un », et contempla l'écran. Au lieu d'écrire, elle commença à noter des excuses pour ne pas se rendre à la soirée matelassage. « J'ai la migraine. » Mauvaise idée : elles se pointeraient toutes avec des médicaments. « J'ai un imprévu. » Quoi donc ? Et comment diable les prévenir ? Mrs Wilden, la patronne du pub, saurait où les contacter. Agatha se résolut à aller au pub.

Tout en descendant Pucks Lane d'un pas lourd, elle se dit qu'elle serait bien inspirée d'observer attentivement la campagne alentour. C'est ce que font les écrivains. Dans la haie à sa droite, elle aperçut les baies rouges des églantiers et des aubépines. Parfait. « Les baies rouges des églantiers et des aubépines luisaient comme des lampes ornées de pierreries... » Non, très mauvais. « Les baies écarlates des églantiers et des aubépines pendaient, telles des lampes, sur les... »

Non, à reformuler. « Des baies d'églantier constellaient les haies. » Non. Des baies ne peuvent pas consteller. Des fleurs, si. Pfff, quelle idée de vouloir être écrivain, de toute façon !

Le pub était fermé. Agatha resta plantée devant, hésitante. Au milieu de l'ancien pré communal se trouvait une mare aux canards. Et un banc surplombant la mare. Elle traversa et alla s'y asseoir, regardant l'eau fixement.

« Bonjour. »

Elle sursauta. Un vieillard noueux était venu s'installer sans bruit à côté d'elle.

« Bonjour », répondit Agatha.

Il glissa sur le banc pour se rapprocher d'elle, dégageant une odeur de soupe au lard et de cigarette. Il portait manifestement ses habits du dimanche, à en juger par le vieux costume qui peluchait, la chemise blanche et la cravate à rayures. Ses gros souliers bien cirés brillaient.

C'est alors qu'Agatha sentit quelque chose sur son genou et, baissant les yeux, elle vit qu'il y avait posé sa main toute ridée. Elle s'en saisit prestement pour la replacer sur son genou à lui. « Bas les pattes ! lança-t-elle sèchement.

– Faut pas vous languir de ce gars qui vous a fait du mal là-bas chez vous. Nous, on va s'occuper de vous. »

Elle se leva et s'éloigna, le visage en feu. Est-ce que l'ensemble du village avait décidé qu'elle avait le cœur brisé ? Qu'ils aillent tous se faire voir ! Elle irait trouver l'agent immobilier dès le lendemain matin pour annuler sa location.

Elle trouva une rue qui partait de l'extrémité de la place et était bordée de quelques magasins : une épicerie faisant aussi office de bureau de poste, comme à Carsely, la boutique d'un électricien, une autre qui vendait des vêtements de style Laura Ashley, un magasin d'antiquités et tout au bout Bryman, l'agence immobilière. Elle étudia les annonces dans la devanture. Les prix des maisons étaient un peu inférieurs à ceux des Cotswolds, mais pas tant que cela.

Elle fit demi-tour, promeneuse solitaire, et décida de rentrer chez elle et de mettre la journée à profit en déballant le reste de ses affaires.

Le jardinier passa dans l'après-midi et lui demanda ce qu'elle voulait en priorité. Elle lui répondit de balayer les feuilles, de tondre la pelouse et de nettoyer les parterres de fleurs. C'était un homme jeune, musclé et tatoué, à l'épaisse crinière châtain, et répondant au nom de Barry Jones. Il l'informa qu'il viendrait travailler dès le lendemain. Agatha le remercia et il partait quand elle lança : « Vous n'avez pas entendu parler de lumières bizarres ? J'ai vu de drôles de petits points lumineux danser au fond du jardin hier soir. »

Il ne se retourna même pas et lâcha : « Ben ça, je suis pas au courant », avant de s'éloigner d'un pas rapide.

C'est louche, se dit Agatha. Il s'agit peut-être d'insectes venimeux et les habitants ne tiennent pas à décourager les visiteurs en leur dévoilant la vérité.

Elle se replongea dans ses tâches domestiques et s'inquiéta, tout en étendant son linge, de savoir si le feu de bois suffirait à chauffer la maison pendant les périodes de grand froid. L'agent immobilier aurait dû la prévenir.

Quand elle se rendit compte qu'il était presque six heures, elle fut encore tentée de se décommander de la soirée « église et patchwork », elle consulta le programme télé qu'elle avait apporté. Pas grand-chose. Oh, et puis elle se sentait seule, il fallait le reconnaître.

Elle ferma sa maison et se dirigea vers l'église pour l'office du soir. À sa grande surprise, en cette époque d'irréligion, l'église était pleine. Le sermon du pasteur portait sur la foi par opposition à la superstition. Agatha repensa aux étranges lumières. Il régnait dans ce village une curieuse atmosphère, anachronique, comme dans un huis clos. À travers le monde, les incendies, les inondations et la famine faisaient rage. Mais ici, à Fryfam, des dames enchapeautées et des messieurs en costume chantaient à pleine voix « Le Seigneur est mon berger », comme si rien n'existait en dehors de leur paisible univers anglais, rythmé par les saisons et les fêtes carillonnées : la Toussaint, Noël, la Chandeleur, Pâques, la Pentecôte.

Elle attendit dans le cimetière. Harriet vint la rejoindre, accompagnée des trois autres femmes qu'elle avait rencontrées le matin. Elles portaient les mêmes vêtements, mais avaient mis des chapeaux – un moule à pudding en feutre pour Harriet, un chapeau de paille pour Amy, un chapeau de pêcheur en tweed pour Polly Dart ; quant à Carrie, elle arborait une casquette de base-ball.

Agatha, qui s'était changée et avait mis un tailleur pantalon bien coupé avec un chemisier en soie, se sentit presque trop habillée.

« Bien, lança Harriet, allons-y ! »

Un couple passa près de leur groupe, échangeant des propos acrimonieux. « Tu es vraiment assommant, Tolly », disait la femme. Une bouffée d'Envy, de Gucci, arriva aux narines d'Agatha. Elle s'immobilisa pour regarder le couple. La femme répondait aux critères de ce qui, selon Agatha, était la « nouvelle » beauté, autrement dit une beauté admirée par les autres. Elle avait des cheveux blonds aux épaules et portait un tailleur très élégant en tweed, dont la jupe fendue sur le côté révélait une jambe bien faite gainée d'un bas dix deniers et non d'un collant, car le haut de la fente laissait voir un soupçon de revers. Ses yeux bleu pâle étaient très écartés et ses pommettes hautes, mais son nez était trop rapproché de sa longue bouche, elle-même trop près de son menton carré. L'homme était plus âgé, petit, rondouillard et ronchon, avec un teint rougeaud et des cheveux clairsemés.

« Allez, venez, Agatha ! ordonna Harriet.

– Qui sont-ils, ces deux-là ?

– Oh, lui, c'est le seigneur du village, autoproclamé bien entendu, avec sa femme, Lucy. Les Trumpington-James. Il a fait fortune en vendant des douches. C'est drôle, ajouta Harriet, dont la voix claironnante résonna dans tout le cimetière. Il n'y a pas si longtemps, un nom à rallonge dénotait une personne de la haute société. Aujourd'hui, il signe le parvenu de la classe moyenne.

– Vous ne seriez pas un peu snob ? demanda Agatha.

– Non, répondit Harriet, ils sont épouvantables, comme vous ne tarderez pas à vous en apercevoir.

– Et comment ?

– Ils vont penser qu'il est de leur devoir de châtelains d'accueillir une nouvelle venue. Vous verrez.

– Où allons-nous ?

– Chez moi. »

Harriet habitait de l'autre côté de la place, une maison carrée du début de l'époque victorienne. Elle fit entrer le groupe dans un salon vaste mais triste, où elle alluma les lampes. « Quelqu'un veut boire quelque chose ? » s'enquit-elle. Mais avant qu'une Agatha reconnaissante n'ait pu demander un gin tonic, leur hôtesse lança : « Tiens ! Si nous buvions le vin de sureau de Carrie ? »

Agatha regarda autour d'elle. La pièce, haute de plafond, disposait de longues fenêtres et était encombrée de meubles lourds. Sur les murs, peints d'un vert terne, étaient accrochés des tableaux représentant des chevaux et du gibier.

Amy sortit des couvertures et du matériel de couture d'un grand coffre placé dans un angle.

« Le mieux serait que vous partagiez une couette avec Carrie, dit-elle à Agatha. Vous travaillerez à un coin et elle à l'autre. Si vous vous installez côte à côte, vous pourrez l'étaler entre vous deux. »

Harriet revint, chargée d'un plateau et de verres emplis de vin de sureau, qu'Agatha goûta avec circonspection. Le breuvage était doux et avait un goût légèrement médicinal.

« Nous sommes entre veuves ? demanda-t-elle à la ronde. Pas de maris ?

– Le mien est au pub avec ceux d'Amy et de Polly, dit Harriet. Carrie, elle, est divorcée.

– Je croyais que le pub fermait le dimanche. J'y suis passée à midi et j'ai trouvé porte close.

– Il ouvre le dimanche soir uniquement. » Harriet vida son verre et le reposa sur le plateau. « Bon, on commence ? »

Cela ne devrait pas être bien compliqué, pensa

Agatha à qui Carrie tendait une pile de petits carrés de tissu. Il suffit de les coudre sur la couverture.

« Pas comme ça, objecta Carrie en voyant Agatha planter maladroitement son aiguille. Il faut d'abord faufiler l'ourlet, puis le coudre sur la couverture avant de défaire le faufil. » Agatha fit une affreuse grimace et se mit en devoir de faufiler un petit carré de soie qui glissait entre ses doigts. Au premier point, les bords s'effilochèrent. Elle laissa tomber subrepticement le bout de tissu sur le sol et prit un morceau de lainage de couleur. Elle jeta un coup d'œil de côté à Carrie, qui cousait ses carrés de tissu à petits points rapides et presque invisibles.

Elle choisit d'entamer la conversation afin d'essayer de détourner l'attention de ses compagnes de son travail d'amateur.

« Hier soir, Mrs Wilden m'a offert un délicieux dîner au pub. Quelle belle femme !

— Dommage qu'elle n'ait pas plus de moralité qu'une chatte en chaleur ! lança Polly, coupant un fil entre ses robustes dents jaunes.

— Ah bon ? répliqua Agatha, regardant avec curiosité les visages fermés des autres. Moi, je l'ai trouvée vraiment charmante.

— Vous avez la chance de ne pas avoir de mari, vous.

— Quand est-il mort, Agatha ? demanda Carrie.

— Il y a un moment déjà, répondit celle-ci. Je préfère ne pas en parler. » Elle ne tenait pas à leur raconter que son mari avait été assassiné peu après avoir ressurgi du passé pour l'empêcher d'épouser James Lacey. « Ces lumières dans mon jardin m'intriguent toujours », reprit-elle. Et elle remarqua non sans surprise que, distraite par la conversation, elle avait réussi à ourler un carré de tissu.

« Elles sont revenues ? demanda Harriet.
– Non.
– Eh bien, vous voyez ! Vous étiez sans doute fatiguée d'avoir conduit sur ce long trajet et vous avez eu la berlue. »

Agatha renonça à poursuivre sur le sujet. Ces femmes devaient parler librement entre elles, mais la présence d'une étrangère encore peu intégrée mettait un frein aux échanges spontanés.

Quand, au bout d'une heure, Harriet annonça : « Bon, ça suffit pour ce soir », Agatha eut l'impression de revivre la sortie de l'école.

En partant, elle s'arrêta pour admirer le bouquet de feuilles d'automne artistement disposées dans un vase de l'entrée. Harriet prit le bouquet et le tendit à Agatha : « Prenez-les. Je plonge les tiges dans la glycérine, alors elles devraient vous durer tout l'hiver. »

Agatha repartit chez elle avec ses feuilles. Elle se souvenait qu'un grand pot en pierre était posé sur le sol, près de la cheminée du salon. Elle réintégra son cottage, heureuse d'avoir amené ses chats pour lui tenir compagnie. Hodge et Boswell s'enroulèrent autour de ses chevilles.

Elle traversa la cuisine pour poser le bouquet sur le plan de travail, et en regardant par la fenêtre elle vit à nouveau danser les lumières. Le temps qu'elle ouvre la porte et descende vers le fond du jardin, elles avaient disparu.

Elle rentra en maugréant. Il se passait des choses bizarres. Ces lumières n'étaient pas le fruit de son imagination et non, elle n'avait pas la berlue.

Quand elle retourna au salon pour prendre le vase, il n'était plus là. Elle commença par se dire qu'elle se faisait des idées et prit l'inventaire dans le tiroir de la cuisine. Si, c'était écrit là, dans la liste « Équipement du salon » : un vase en pierre.

Brusquement, elle se sentit vulnérable. Elle vérifia que les portes étaient bien fermées et monta dans sa chambre. Son estomac gargouillait, lui rappelant qu'elle n'avait pas dîné, mais la seule idée de redescendre au rez-de-chaussée l'effrayait. Elle prit un bain, se déshabilla et se glissa sous la couette, qu'elle remonta par-dessus sa tête pour se protéger des terreurs de la nuit.

2

Il faisait encore beau ce matin-là. Honteuse de ses frayeurs nocturnes, Agatha décida d'aller à Norwich en quête d'un four à micro-ondes et d'un bon petit déjeuner avant de revenir entreprendre l'agent immobilier à propos de l'absence de chauffage central.

En se retrouvant à Norwich, elle sentit son moral de citadine remonter nettement. Elle s'acheta un micro-ondes, passa chez Marks & Spencer faire provision de plats tout préparés à réchauffer, s'offrit un copieux petit déjeuner bien chargé en cholestérol, trouva un vase bon marché en verre et retourna à Fryfam rassérénée.

Après avoir déballé ses achats et donné à manger à ses chats, elle prit le chemin de l'agence immobilière. En poussant la porte de chez Bryman, elle eut la désagréable surprise de découvrir derrière l'écran de l'ordinateur la silhouette tassée d'Amy Worth.

« Pourquoi ne pas m'avoir dit que vous travailliez ici ? grommela Agatha.

– Je n'en ai pas vu l'utilité, rétorqua Amy, sur la défensive. Je m'occupe seulement du courrier, moi. Je n'ai rien à voir avec les locations.

– Alors à qui dois-je m'adresser ?

– À Mr Bryman. Je vais le chercher. »

Elle fait bien des mystères pour rien, fulmina Agatha. Amy revint dans la pièce et tint ouverte la porte d'un bureau.

« Mr Bryman va vous recevoir. »

Agatha passa devant elle. Un homme assez jeune au teint cireux, aux lèvres épaisses et aux yeux larmoyants se leva et lui tendit la main.

« Soyez la bienvenue, Mrs Raisin. »

Agatha serra la main moite. Il dégouline de partout, ce jeune homme, pensa-t-elle, remarquant les auréoles de sueur aux aisselles de son interlocuteur, en bras de chemise. Elle nota aussi la déplaisante odeur de bouc qu'il dégageait. Amy, quant à elle, portait les mêmes vêtements que la veille. Peut-être ne prenait-on pas de bains à Fryfam.

Agatha s'assit. « Vous auriez dû me prévenir qu'il n'y avait pas de chauffage central, commença-t-elle.

– Mais le bois est fourni gratuitement, protesta-t-il. Et il y a des réserves de bûches.

– Je n'ai aucune envie de devoir faire le feu et nettoyer les cheminées quand il fera froid.

– Nous vous fournirons deux autres appareils de chauffage au gaz comme celui de la cuisine. Je vous les apporterai aujourd'hui.

— Vous n'avez rien d'autre à louer ?
— Non. Je n'ai que des biens à vendre. La plupart des maisons de Fryfam sont des résidences secondaires, où les gens n'habitent pas l'hiver. Ils ne viennent que les mois d'été. Il y a toujours de la demande pour les résidences secondaires. Vous allez vous rendre compte que nous ne sommes pas nombreux à passer l'hiver ici.
— Bon, je vais prendre les radiateurs. Mais ce n'est pas tout. »

Il leva des sourcils interrogatifs.

« J'ai vérifié l'inventaire hier. Il y avait un vase dans le salon. Eh bien, il a disparu. J'ai vu des lumières au bout du jardin et je suis allée voir ce que c'était. Quand je suis revenue, le vase n'était plus là.
— Oh, c'est un détail. Ce n'est qu'un vieux vase.
— Pour moi, ce n'est pas un détail, s'entêta Agatha. Y a-t-il un agent de police ici ? Il doit bien y en avoir un, puisque j'ai eu votre nom en téléphonant au poste de police.
— Il y a bien le brigadier Framp, mais ce n'est pas la peine...
— Si, c'est la peine. Où puis-je le trouver ? Je n'ai pas vu de commissariat.
— Il est un peu en dehors du village, sur la route du manoir.
— Qui se situe ?
— Au nord de la place. Sur la route qui sort du village, du côté opposé à celui par lequel vous êtes arrivée.

– Très bien. Quand passerez-vous avec les radiateurs ?

– J'ai un double des clés. Je les laisserai dans l'entrée si vous n'êtes pas là.

– Ne faites pas peur à mes chats.

– Je ne savais pas que vous aviez des animaux, Mrs Raisin. Vous n'avez pas parlé de vos chats. »

Agatha se leva et lui jeta un regard mauvais.

« Et vous, vous n'avez pas dit qu'il ne fallait pas en avoir. Pas de chats, pas de location. »

Elle tourna les talons et sortit à grands pas en ignorant Amy. Elle en avait assez d'eux tous. Et dire qu'elle venait seulement d'arriver !

Pour se rendre au poste de police, elle décida de prendre sa voiture, et retourna chez elle la chercher. En arrivant, elle avisa une enveloppe carrée sur le sol de l'entrée. C'était une note sur un épais papier bouffant.

« Nous serions heureux de vous accueillir dans le village. Faites-nous le plaisir de venir prendre le thé cet après-midi à quatre heures. Lucy Trumpington-James. »

La convocation au manoir, se dit Agatha. Ma foi, je n'ai rien de mieux à faire.

Elle appela Mrs Bloxby à Carsely.

« Je n'ai aucune nouvelle de James, déclara aussitôt la femme du pasteur.

– Je ne téléphonais pas pour ça, mentit Agatha.

Je voulais juste savoir comment tout le monde allait.

– Eh bien, ça suit son train, résuma allègrement Mrs Bloxby. Et votre village du Norfolk, comment le trouvez-vous ?

– Bizarre. Il est minuscule et à ce que je vois, une grande partie de la population n'habite ici que l'été, ce qui suffirait à vous faire virer communiste si vous pensez à la pénurie de logements.

– Ah, mais votre maison ici va être vide pendant l'hiver. Voulez-vous que je vous trouve une famille de sans-logis ?

– Non, pas du tout, répondit Agatha en réprimant un frisson.

– Je me disais aussi... »

Cette sainte femme de Mrs Bloxby était-elle en train de lui envoyer une pique ? À Dieu ne plaise !

« Je voulais vous parler des étranges lumières que j'ai vues. » Là-dessus, Agatha lui raconta les faits et évoqua la réticence des gens du cru à en parler.

« Voilà un mystère à élucider, dit Mrs Bloxby.

– Mon destin est censé s'accomplir ici, d'après cette voyante.

– Il est encore tôt. Vous venez juste d'arriver. Je suis sûre que vous allez mettre de l'animation là-bas. Ah, tenez, Charles a téléphoné. Il voulait savoir où vous étiez. »

Agatha pensa brièvement à sir Charles Fraith : mince, pingre et inconstant.

« Ah, si je dois rencontrer quelqu'un ici, je ne veux pas avoir Charles dans les pattes.

– Alors, vous avez repéré des célibataires convenables dans les parages ?

– Pas vraiment, en dehors d'un vieux pépé qui m'a peloté le genou et d'un agent immobilier qui pue la sueur. Et il n'y a pas le chauffage central dans le cottage, seulement des cheminées.

– Il peut faire un froid de canard là-bas. Vous êtes sûre que vous ne voulez pas rentrer ? Vous pourriez utiliser l'absence de chauffage central comme excuse.

– Pas tout de suite, mais vous avez raison. Je peux partir d'ici quand je veux. Je comptais annoncer à l'agence que je partais. Tout compte fait, je vais rester encore un petit peu. »

Après avoir raccroché, Agatha se sentit requinquée. Bien sûr qu'elle pouvait partir sans préavis. Mais d'abord, elle allait voir ce que le flic du coin avait à dire.

En voiture, elle sortit du village et ne tarda pas à apercevoir le poste de police. Elle s'arrêta devant et alla sonner. Une voiture de police était garée dans la petite allée sur le côté, aussi était-elle sûre que Framp était là.

Au bout de quelques minutes, la porte s'ouvrit sur le brigadier Framp, un grand maigre aux tempes dégarnies surmontant un visage lugubre. Il avait un tablier et tenait une poêle à la main.

« C'est mon jour de repos », dit-il pour sa défense. Ce dont Agatha ne tint aucun compte.

« Je m'appelle Agatha Raisin, commença-t-elle, et je viens de louer Lavender Cottage. J'ai remarqué des lumières bizarres au fond de mon jardin et un vase a disparu.

– Entrez, dit-il d'un ton las. Mais si ça ne vous ennuie pas, je continue à préparer mon déjeuner. »

Agatha traversa à sa suite le poste de police, et enfila un couloir donnant sur une cuisine aux dalles de pierre, qui était incroyablement sale et sentait le lait tourné. Il y faisait de plus très chaud. Framp posa la poêle sur une cuisinière Aga, y versa de l'huile, cassa deux œufs, ajouta deux tranches de bacon et deux tranches de pain. Une brume de graisse s'éleva de la poêle et retomba sur la surface déjà grasse de la cuisinière.

Agatha s'assit devant une table de cuisine au plateau en plastique recouvert de miettes. Quand elle y appuya ses coudes, elle s'aperçut qu'elle en avait mis un dans de la marmelade d'orange et s'était tachée. Framp finit par faire glisser le contenu de sa poêle sur une assiette ébréchée, et s'assit face à elle.

« Alors, demanda Agatha impatiente, c'est quoi, ces lumières ?

– Des gamins qui s'amusent.

– Vous êtes sûr ?

– Hypothèse vraisemblable. » Il plongea le coin

d'une tranche de pain frit dans un jaune d'œuf et l'enfourna dans sa bouche.

« Vous n'en êtes donc pas vraiment sûr ? »

Il continua à mâchonner, se servit un mug de thé, en prit une grande lampée, s'essuya la bouche d'un revers de main et déclara : « Jamais rien d'important n'a été volé. Des bricoles seulement. Un tableau sans valeur, un pot de crème, trois fourchettes, des choses comme ça.

— Si vous veniez chez moi relever les empreintes ?

— Je ne prends pas d'empreintes. C'est du ressort de la P.J., mais elle ne va pas envoyer en urgence chez vous l'équipe médico-légale avec tout son matériel pour examiner un tas de bric-à-brac.

— Quelqu'un joue des tours pendables qui effraient les gens du village au point qu'ils ne veulent pas en parler, mais ça n'a pas l'air de vous déranger beaucoup.

— Ah ben, pas étonnant qu'ils veuillent pas vous en parler, à vous.

— Pourquoi ?

— Ils croient que ce sont des fées. »

Agatha le regarda fixement avant de répliquer : « Non mais je rêve. Des fées au fond du jardin !

— C'est pourtant ça.

— Mais les fées n'existent pas. Et vous avez de l'œuf sur le menton. Écoutez, les femmes que j'ai vues ne sont pas des paysannes dégénérées. Elles ne peuvent pas croire aux fées.

— Oh, que si ! Il y en a qui mettent du sel autour

de leur maison pour écarter les fées, d'autres qui laissent des offrandes, comme des soucoupes pleines de lait par exemple. »

Agatha le regarda, perplexe, puis son visage s'éclaira : « Ah, je vois. Vous me faites marcher.

– Non, Mrs Raisin, je vous dis ce qu'il en est. Ici, vous êtes dans une région très ancienne de l'Angleterre, et il s'y produit de drôles de choses.

– Je ne crois pas aux fées et je suis persuadée que vous non plus. » Agatha se leva : « Je ne vous dérange pas plus longtemps. Je résoudrai ce mystère moi-même. J'ai une certaine réputation comme détective. »

Quittant la cuisine, elle se retourna, mais il était en train de plonger son dernier morceau de pain frit dans l'œuf qui lui restait.

Agatha remonta de mauvaise humeur dans sa voiture. Roulant au pas, elle finit par arriver devant une grille flanquée d'un pavillon de gardien. Ce devait être le manoir. Elle consulta sa montre. Trois heures et demie. Trop tôt. Elle baissa les vitres de sa voiture. Le village de Fryfam était niché au creux de bois de pins qui embaumaient. Une abeille paresseuse, désorientée par la chaleur et le soleil tardifs, entra par mégarde dans l'habitacle. Agatha hésita à l'écraser, avant de se rendre compte qu'elle en était incapable. Elle se tassa sur son siège jusqu'à ce que l'insecte sorte de lui-même.

Des fées. Un comble ! Furieuse, elle en arriva à

la conclusion que ce flemmard d'agent essayait sans doute de se payer la tête d'une touriste.

Ses pensées s'orientèrent vers la femme du pasteur. Agatha savait que Mrs Bloxby réprouvait son amour tenace pour James Lacey, et cela l'irritait. Elle aurait dû lui témoigner sa sympathie, sa compréhension et son soutien. D'autant qu'assurément, si elle, Agatha, avait fui dans le Norfolk, ce n'était pas seulement pour que la prophétie de la voyante se vérifie, mais pour se libérer de son obsession pour James. En réalité elle espérait qu'en rentrant à Carsely James ne l'y trouverait pas et se rendrait compte qu'elle lui manquait. Mais cela, elle refusait de l'admettre.

Elle s'efforça de se concentrer à nouveau sur le mystère des lumières dansantes, mais ses pensées revenaient obstinément à la façon dont elle se comporterait quand elle reverrait James, et à ce qu'elle lui dirait. Elle était tellement absorbée par ses réflexions qu'elle sursauta en voyant que l'horloge du tableau de bord indiquait quatre heures cinq. Elle remit le moteur en marche et s'engagea dans l'allée du manoir, bordée de deux rangées de pins très denses. Elle commençait à se demander si elle atteindrait jamais la maison quand celle-ci surgit au détour d'un virage : une bâtisse carrée du XVIIIe siècle ressemblant à un pavillon de chasse, à laquelle avait été ajoutée une aile de style victorien pour les domestiques. L'entrée s'ornait d'un petit portique surmonté d'armoiries flambant neuves : deux animaux héraldiques soutenant un écu. Agatha leva les yeux vers eux en descendant de voiture, mais ne parvint pas à en distinguer les détails. Qu'est-ce que les Trumpington-James avaient mis sur leur blason ? Une cabine de douche griffue, ornée de gueules et cloutée d'inox ?

Elle appuya sur la sonnette. Lucy Trumpington-James vint ouvrir, vêtue d'un tailleur Armani en soie vieil or, agrémenté de quantité de bijoux, en or également, chaînes autour du cou et bracelets à ses minces poignets.

« Entrez, dit-elle. Tolly est au salon. »

Agatha la suivit dans un hall obscur meublé de consoles sur lesquelles étaient posées des potiches chinoises garnies de bouquets de feuilles d'automne. L'œuvre de Harriet ?

Agatha eut un choc en entrant dans le salon : elle s'était attendue à un style campagnard, avec tapis persans, tableaux aux murs et tapisseries de cretonne. Face à la cheminée trônaient deux grands canapés grèges, de ces meubles modulables composés d'éléments à assembler. Devant eux, une table basse laquée noire rectangulaire. La moquette était d'un blanc immaculé, et aux murs peints en rouge sang étaient accrochés des tableaux contemporains abstraits. Sur de petites tables d'appoint en laque blanche s'étalaient des photos des Trumpington-James à la chasse, à des réceptions à Henley, Ascot et autres lieux élégants. Un élément mural laqué noir contenait une télévision, un lecteur de CD et des livres flambant neufs, manifestement jamais ouverts. Dans la cheminée rayonnaient de fausses bûches électriques. La pièce était brillamment éclairée par un chandelier de cristal au plafond et, dans les angles, par des lampadaires en laiton à abat-jour rectangulaire.

« Asseyez-vous, je vous prie, Mrs Raisin », dit Tolly Trumpington-James en se levant pour l'accueillir. Il portait une veste d'équitation sur un pantalon de cheval, et une chemise à carreaux dont le col était ouvert.

« Appelez-moi Agatha », répondit celle-ci en prenant place. Ses yeux firent le tour de la pièce en quête d'un cendrier, en vain. Elle poussa un petit soupir et se dit qu'au moins cela l'empêcherait de fumer pendant une heure.

Lucy appuya sur une sonnette à côté de la cheminée, ce qui fit surgir non pas une accorte soubrette mais une grosse femme à l'air revêche en tablier écossais taché.

« Nous allons prendre le thé, Betty, dit Lucy.
– Après ça, je m'en vais, déclara la grognon. Vous débarrasserez vous-mêmes. » Et elle s'éloigna d'un pas lourd, faisant claquer ses grosses chaussures éculées.

« Ah là là, se faire servir de nos jours ! fit Lucy en levant les yeux au ciel. Vous avez du mal vous aussi, Agatha ? »

Il y a encore peu de temps, l'ancienne Agatha, intimidée de se trouver dans un manoir, aurait inventé des histoires hautes en couleur sur un régiment de domestiques. Cette fois, elle se borna à dire : « Non, pas du tout. À la maison, j'ai une excellente femme de ménage qui vient deux fois par semaine.

— Vous en avez de la chance, soupira Lucy. Je me dis parfois que nous n'aurions jamais dû nous installer ici.

— Et pourquoi êtes-vous venus ? demanda Agatha, curieuse.

— J'ai gagné de l'argent, dit Tolly. Je voulais goûter un peu à la vie à la campagne. Aller à la chasse.

— Et parce qu'il veut jouer au châtelain, on est coincés ici », fit Lucy avec un petit rire.

Son mari lui jeta un regard courroucé ; sur ce, la porte s'ouvrit et Betty entra pesamment, chargée d'un grand plateau qu'elle posa devant eux sur la table basse. Pour accompagner le thé, il y avait une assiette de biscuits au chocolat, mais ni sandwichs ni cake aux fruits confits.

« Merci, Betty, ce sera tout, dit Tolly d'un ton impérieux.

— Eh ben, tant mieux, grommela Betty en sortant.

— C'est un personnage », commenta Lucy en faisant tinter ses bracelets.

Les gens qui supportaient des domestiques insolents étaient en général radins, se dit Agatha.

« Nous avions une maison tellement agréable à côté de Kensington Gardens, poursuivit Lucy en versant le thé. Servez-vous de lait et de sucre, Agatha. Vous connaissez Kensington ?

– Très bien. J'ai habité à Londres à l'époque où je dirigeais une agence de communication. J'ai pris une retraite anticipée pour aller vivre dans les Cotswolds.

– Londres ne vous manque pas ?

– Au début, c'était le cas. Mais il s'est produit tant d'événements extraordinaires et effrayants que Carsely – c'est là où j'habite – m'a vite semblé plus intéressant que Londres. »

Un léger ronflement s'éleva. Tolly s'était endormi, sa tasse de thé sur sa bedaine. Lucy se leva en soupirant et lui prit la tasse des mains.

« Si seulement nous pouvions retourner à Londres, se lamenta-t-elle. Mais il veut jouer au gentleman farmer. En pure perte. Aucun des notables du coin ne nous invite, sauf s'ils ont besoin d'argent pour une quelconque œuvre de charité. J'ai d'ailleurs essayé de faire retirer ces armoiries.

– Elles ne viennent pas du Collège d'armes de Londres ?

– Non. Il a demandé à un sculpteur de les créer pour lui. Et à un décorateur d'intérieur, une vraie chochotte, d'installer cette pièce. Horrible, non ?

– C'est, disons... moderne.

– Vulgaire, oui.

– Vous ne pourriez pas louer à Londres l'hiver ?

– Il ne veut pas en entendre parler. Ça lui plaît de me garder cloîtrée ici. Alors dites-moi : qu'est-ce que vous pouvez bien trouver d'excitant à la vie dans les Cotswolds ? »

Agatha se lança avec délectation dans le récit de ses incroyables talents de détective, jusqu'au moment où elle comprit qu'elle ennuyait Lucy. Elle termina donc en disant : « Mais à Fryfam aussi, vous avez un mystère.

– Quoi donc ? demanda Lucy en étouffant un bâillement.

– Les fées. Les lumières qui dansent.

– Oh, ça ! Si vous voulez mon avis, quand les propriétaires de résidence secondaire retournent à Londres, il ne reste ici que des paysans arriérés qui sont prêts à croire n'importe quoi.

– Pourtant j'ai rencontré les membres du Club des femmes et elles semblent sensées.

– Oui, mais elles sont toutes de Fryfam, voyez-vous. Vous n'avez jamais passé un hiver ici, n'est-ce pas ? »

Agatha secoua la tête.

« Il fait un temps tellement sinistre que vous finiriez vous-même par croire aux fées. »

Et Lucy bâilla de nouveau. Agatha se leva.

« Il va falloir que je parte.

– Vraiment ? Vous pourrez retrouver la sortie toute seule ?

– Bien sûr. Cela vous ferait plaisir de venir prendre le thé chez moi ?

– C'est très aimable. Je vous ferai signe. »

Dans le vestibule, Agatha s'arrêta un instant pour chercher ses clés de voiture dans son sac. Elle entendit Lucy dire d'une voix sèche :

« Réveille-toi, Tolly. Elle est partie.

– Ce n'est pas trop tôt. Encore une mocheté. Et elle n'est pas de notre monde.

– De quel monde tu parles ? s'égosilla Lucy. C'est à cause de ton snobisme qu'on est coincés dans ce trou. »

Agatha s'éloigna rapidement, le visage en feu. Elle avait fait beaucoup de chemin depuis le taudis de Birmingham où elle avait été élevée mais, dans ses moments de fragilité, elle s'imaginait que les gens pouvaient encore renifler la prolétaire chez elle.

Elle monta dans sa voiture et regagna son cottage, d'où elle appela Mrs Bloxby.

« Vous pouvez donner mon numéro et mon adresse à Charles, et lui dire que s'il n'a rien de mieux à faire, j'ai une chambre d'amis.

– Je transmettrai. Alors ? Ces mystérieuses lumières ?

– Les gens du coin croient que ce sont des fées.

– Par exemple ! Vous êtes dans le secteur du Breckland, dans le sud du Norfolk, si je ne me trompe ?

– Ah bon ?

– Oui, j'ai vérifié sur la carte. Une région au peuplement très ancien : il y a des tumuli et des carrières de silex préhistoriques, qu'on appelle Grimes Graves. De tels endroits favorisent souvent les superstitions. Ça doit avoir un rapport avec la terre.

– Oui, eh bien moi, je ne crois pas aux fées. Ce sont probablement des gamins.

– Des enfants ? Vous en avez vu au village ?

– Ma foi, à la réflexion, aucun.

– Bonne chasse, alors. Alf vient de rentrer. »

Alf était le pasteur, qui n'aimait pas du tout Agatha Raisin.

« Bien, on se rappelle sans tarder », dit Agatha qui prit congé et raccrocha. Elle se sentit soudain mesquine. Si elle avait eu envie d'inviter Charles, c'était seulement pour parader avec un baronnet et moucher ainsi le vulgaire Tolly.

Ce fut alors qu'elle remarqua les deux radiateurs à gaz rangés côte à côte dans son entrée. Elle commençait à penser que toutes ces remarques sur les rigueurs de l'hiver dans la région étaient sans doute très exagérées et elle espéra n'avoir pas fait d'histoires pour rien.

Dans son jardin, Barry était en train de tondre la pelouse. Il était un peu trop tard pour mettre une machine en route et aller l'étendre. Qu'annonçait la météo ? Elle n'avait pas allumé la télévision depuis son arrivée. Barry lui adressa par la fenêtre un signe de la main et partit. Agatha décida de reprendre sa tentative d'écriture. Elle tapa le titre : « Panique au Manoir ». Et ajouta un sous-titre : « Mort d'un gentleman farmer ». Elle était allée au manoir. C'était un point de départ tout trouvé. La description de Lucy et Tolly et de leur salon vulgaire lui fournirait une bonne entrée en matière.

À sa grande surprise, elle avait réussi à écrire quatre pages lorsque la sonnette retentit. Amy se tenait sur le seuil : « Je suis venue m'excuser de ne pas vous avoir dit que je travaillais pour l'agence immobilière. Mais, vous comprenez, j'ai cru que si quelque chose n'allait pas, c'était à moi que vous vous en prendriez.

— Entrez », dit Agatha non sans réticence. Elle sauvegarda ce qu'elle avait écrit et éteignit l'ordinateur.

« Oh, vous étiez en train de travailler et je vous ai interrompue, fit Amy. Vous allez m'en vouloir !

— Pas du tout. Venez donc dans la cuisine. »

Agatha regarda discrètement sa montre. Six heures et demie.

« Vous voulez dîner ? Je n'ai pas encore mangé.

— Vous êtes sûre… ?

— C'est du surgelé. De chez Marks & Spencer. Asseyez-vous. Vous ne dînez pas avec votre mari ?

— Jerry est au pub. » Les yeux d'Amy s'emplirent de larmes.

« Aïe. La belle Mrs Wilden, c'est ça ?

— Oui. » Amy saisit un petit mouchoir plié et se moucha énergiquement.

« Elle nous a pris tous nos maris. Harriet aimerait qu'on lui torde le cou. »

Agatha sortit une bouteille de gin qu'elle avait apportée de Carsely.

« Un verre ?
— Volontiers. »

Agatha prépara deux grands gin tonics. Puis elle sortit deux barquettes de lasagnes surgelées, qu'elle réchauffa l'une après l'autre au micro-ondes. Lorsqu'elle les eut servies, elle s'assit devant Amy et lui demanda : « Qu'est-ce qu'il fait, votre mari ?

— Il travaille chez un pépiniériste, juste à côté de Norwich.

— Et il a une liaison avec Mrs Wilden ?

— Oh, non !

— Alors, où est le problème ?

— C'est juste qu'il passe toutes ses soirées au pub, comme Henry Freemantle et Peter Dart.

— Les maris de Harriet et de Polly ?

— Oui. »

Amy renifla tristement et joua avec ses lasagnes du bout de sa fourchette.

« Tout ce qu'ils font, c'est aller lorgner la belle Mrs Wilden ? »

Amy hocha la tête.

« Et elle les encourage ?

— Je ne crois pas que Rosie Wilden ait besoin de faire quoi que ce soit. Il lui suffit d'être elle-même.

— Alors pourquoi Harriet, Polly et vous n'allez pas vous aussi au pub ?

– On ne peut pas faire ça !
– Pourquoi ? demanda patiemment Agatha.
– Ce n'est pas dans les usages ici. Les femmes sont tolérées au pub à midi, mais le soir on les regarde d'un mauvais œil.
– Je n'ai jamais entendu des âneries pareilles. Je vais téléphoner à Harriet et à Polly, et on va toutes aller là-bas.
– Nos maris vont être furieux.
– Il serait temps ! »

Agatha sortit de la cuisine. Le téléphone se trouvait sur une petite table dans l'entrée. « Donnez-moi leurs numéros ! » cria-t-elle à Amy.

Celle-ci s'exécuta, mais émit des protestations qu'Agatha ignora. Elle appela d'abord Harriet et annonça sans ambages qu'Amy pleurait toutes les larmes de son corps et qu'elle l'emmenait au pub. Harriet voulait-elle les rejoindre et amener Polly ?

Il y eut un silence à l'autre bout du fil, puis Harriet dit d'une voix sévère : « Vous savez ce que vous faites ?
– Parfaitement. Je ne vois pas pourquoi vous devriez toutes vous morfondre chez vous pendant que vos maris sont au pub. Allez, Harriet, à l'attaque !
– D'accord, dit Harriet. Banzaï ! Et on verra bien !
– Rendez-vous là-bas avec Polly dans une demi-heure. »

Agatha raccrocha et retourna dans la cuisine.

« Bon, Amy, vous montez avec moi. Je vais vous maquiller.

— Mais je ne me maquille jamais. Jerry n'aime pas ça.

— Je crois que votre problème, c'est que vous faites tout ce que veut Jerry. Allez, montez. »

Agatha entreprit de maquiller Amy avec dextérité : fond de teint, poudre, blush, mascara, ombre à paupières et rouge à lèvres.

« Et voilà, déclara-t-elle enfin. Vous avez maintenant figure humaine. »

Elle ouvrit tout grand la porte de sa penderie et en sortit une robe noire.

« Passez-moi ça. Quelle pointure faites-vous ?

— Trente-huit. Mais…

— Il vous faut des talons. Rien de tel pour donner de l'assurance. Allez, un peu de nerf ! »

Habituée à céder devant une volonté plus forte que la sienne, Amy enfila docilement la petite robe noire et mit une paire de chaussures à talons aiguilles. Agatha lui prêta un collier doré.

« Et maintenant, tenez-vous droite. Comme ça. Parfait. En avant, marche ! »

Harriet et Polly attendaient devant le pub. « Tu es drôlement sexy, Amy », déclara Harriet. Une exagération de taille, mais qui eut pour effet de faire venir aux lèvres d'Amy un sourire ravi.

« Allons-y », dit Agatha, poussant la porte.

Derrière le bar, Rosie Wilden resplendissait comme une pierre précieuse dans la pièce enfumée au plafond bas que tous les hommes du village avaient investie. Elle portait un corsage vaporeux en mousseline blanche et au décolleté plongeant.

Agatha trouva une table dans un coin pour ses nouvelles amies. Le silence s'était fait à leur entrée et il persista quand Agatha se dirigea vers le bar et demanda à Rosie Wilden : « Vous avez du champagne ?

– Mais certainement, Mrs Raisin.

– Mettez-nous deux bouteilles pour commencer, commanda Agatha.

– Vous fêtez quelque chose ?

– Oui, mon anniversaire », mentit Agatha. Elle retourna à sa table sans qu'aucun client n'ouvre la bouche.

« Nos maris nous fusillent du regard, chuchota Amy. Ils sont tous les trois au bar, là-bas.

– Grand bien leur fasse, répondit Agatha. Quand le champagne arrivera, je vous demande de chanter toutes "Joyeux anniversaire".

– C'est le vôtre ? s'étonna Polly.

– Non, mais ils n'en savent rien, et vous ne voulez pas leur donner l'impression que vous êtes venues les espionner. »

Rosie Wilden délaissa son comptoir pour apporter à leur table un plateau avec des coupes. Puis elle se retourna et cria : « Barry, tu veux être un amour ? Apporte-nous les bouteilles et un seau à glace. »

Le jardinier d'Agatha s'exécuta et s'approcha de

leur table avec le champagne. Sans être un apollon, il était néanmoins le plus bel homme du pub, se dit Agatha. « Venez vous asseoir avec nous, Barry, proposa-t-elle. C'est mon anniversaire. »

Barry sourit et se dandina d'un pied sur l'autre. « Je suis avec deux copains.

— Eh bien, amenez-les ! Nous ferions bien de prendre deux bouteilles de plus, Mrs Wilden. »

Barry revint avec ses deux amis et tout le monde se tassa autour de la table. Rosie ouvrit prestement la première bouteille. Au grand plaisir d'Agatha, Barry se mit à chanter de sa propre initiative « Joyeux anniversaire » d'une puissante voix de baryton. Ses amis reprirent en chœur, puis Harriet, Polly et Amy se joignirent à eux.

« Vous avez une très belle voix, Barry, le félicita Agatha. Qu'est-ce que vous pouvez nous chanter d'autre ? »

Barry, qui était déjà bien imbibé avant d'attaquer le champagne, se leva et entreprit de leur faire une imitation d'Elvis Presley : il entonna « Jailhouse Rock » en se déhanchant, faisant semblant de gratter une guitare.

Les trois femmes, conscientes des regards furibonds de leurs maris accoudés au bar, se mirent à rire et à applaudir. L'un des amis de Barry, Mark, un gringalet avec une cigarette au coin des lèvres, déclara : « Ça met tout de suite une chouette ambiance, une chanson. Si vous nous en chantiez une, les filles ? »

Agatha regarda non sans amusement Polly, le nez un peu rouge – elle devait avoir éclusé un certain nombre de coupes pour se remonter –, se lever et attaquer à pleins poumons « Les Pêcheurs d'Angleterre », pendant que tout le monde buvait consciencieusement et que d'autres bouteilles faisaient leur apparition. Les clients, qui avaient envie de se faire rincer gratis, commencèrent à s'agglutiner autour de la table jusqu'à ce que les conjoints déserteurs restent seuls au bar.

« Pourquoi ces trois-là font-ils bande à part ? claironna Agatha.

– Parce que ce sont nos maris.

– Vos MARIS ! s'exclama-t-elle, feignant la stupéfaction. Mais qu'est-ce qu'ils font là-bas tout seuls ? Ils sont venus reluquer la patronne ? »

Tous trois traversèrent aussitôt la salle, mais ne purent s'approcher de la table à cause de la cohue. Agatha réclama d'autres chansons et d'autres bouteilles afin que la fête continue, jusqu'à ce que Rosie annonce : « C'est l'heure, messieurs-dames, on ferme. »

Tout le monde se retrouva dehors dans la nuit.

« Quelle merveilleuse soirée ! lança Agatha bien fort. On se retrouve demain soir ici, les filles ? »

Bien que les « filles » fussent maintenant flanquées de leurs maris furibonds, Harriet répliqua bravement : « Même endroit, même heure, Agatha. »

Celle-ci, voyant la silhouette efflanquée de l'agent

de police traverser la place, se résigna à laisser sa voiture où elle était. Elle rentra chez elle d'un pas quelque peu incertain et avala autant d'eau qu'elle le put pour essayer de limiter les effets de la gueule de bois du lendemain.

Au matin, elle fut réveillée par le carillon furieux de sa sonnette. Passant une robe de chambre, elle descendit tant bien que mal les escaliers. L'horloge de l'entrée affichait huit heures.

En ouvrant la porte, elle fut d'abord aveuglée par la lumière crue du soleil, puis elle accommoda sur le visage courroucé de Henry Freemantle.

« Vous allez nous faire le plaisir de laisser nos femmes tranquilles, aboya-t-il.
– Hein ? Mais de quoi parlez-vous ?
– Le pub, c'est pour les hommes.
– Exception faite de la délicieuse Rosie. »
Il rougit.
« Je vous aurai avertie.
– Vous voyez cette porte ? Eh bien, regardez-la de plus près ! » Et Agatha la lui claqua au nez.

Sur quelle planète ai-je atterri ? se demanda-t-elle avec exaspération. Mais elle avait mal à la tête et se sentait flageolante. Elle joua une fois de plus avec l'idée de faire ses valises et de rentrer. Après avoir nourri ses chats, elle les laissa sortir dans le jardin, puis remonta se coucher et s'endormit aussitôt pour ne se réveiller qu'à midi.

Elle prit une douche et s'habilla, revigorée. Une

bonne promenade, voilà ce qu'il lui fallait. Il ne ferait pas éternellement beau.

Elle sortit sur la route qui passait devant le poste de police et la loge du manoir. L'odeur des pins embaumait l'air. Elle gravit la côte sinueuse qui épousait la colline devant elle. Parvenue au sommet, elle s'arrêta, stupéfaite. La route redescendait vers un paysage plat à perte de vue. Au-dessus de sa tête se déployait un ciel immense. Elle suivit la chaussée qui, en s'aplanissant, devenait un ruban rectiligne, jusqu'à un vaste lac bordé de roseaux. Une brise légère en froissait la surface, où se reflétaient de petits nuages cotonneux, haut dans le ciel bleu. Elle s'assit sur un rocher et entendit derrière elle l'appel d'un pluvier argenté. Agatha ignorait le nom de l'oiseau, mais trouva que son cri accentuait encore l'impression de solitude et d'isolement qui l'assaillait.

L'animal se tut et au bout de quelques instants la solitude reflua, laissant derrière elle une étrange impression de paix. Agatha alluma une cigarette, qu'elle ne tarda pas à écraser. À l'air pur, les cigarettes avaient un goût effroyable. L'ancienne Agatha aurait jeté son mégot dans le lac, mais la nouvelle le mit dans sa poche pour éviter qu'un canard ne l'avale en passant.

Une colonie d'oies sauvages traversa le ciel, loin au-dessus d'elle. Agatha resta là, assise, à laisser son esprit dériver sans but précis, bercée par le bruit de l'eau léchant la rive et par le bruissement des grands roseaux sous la brise.

Elle finit par se lever. La raideur de ses articulations dissipa son impression de bien-être. Elle prit soudain conscience de son âge. C'était bien la peine de lutter contre les années à grand renfort de gym et de crèmes antirides ! La tentation de renoncer, de laisser pousser ses racines et tomber son menton, d'accepter de vieillir, était toujours prête à refaire surface.

Elle regarda l'horizon, se protégeant les yeux. D'une bande de nuages s'échappaient de fines virgules vaporeuses évoquant les griffes de l'hiver proche. L'air s'était refroidi. Agatha se sentit toute petite dans ce vaste paysage majestueux. Elle prit le chemin du retour, gravit de nouveau la colline. Elle ne fut pas fâchée de laisser derrière elle l'immensité plate des marais pour retrouver les pins murmurants. Son estomac vide se rappela à son bon souvenir, émettant des gargouillis.

Elle se rapprochait de son cottage lorsqu'elle croisa Lucy Trumpington-James.

« Je vous cherchais, lança celle-ci sans préambule. Qu'est-ce que c'est que cette soirée d'anniversaire au pub ? Vous auriez pu me prévenir.

– Entrez donc », dit Agatha en passant la première dans l'allée du jardin et se rappelant du même coup que sa voiture était toujours garée devant le pub. Elle déverrouilla la porte.

« Je vais vous confier un secret, Lucy. Ce n'était

pas mon anniversaire. J'essayais juste de remonter le moral à trois femmes du village que leurs maris avaient plantées là pour aller baver devant les charmes de Rosie Wilden.

– Cette salope ! siffla Lucy, qui l'avait suivie dans la cuisine et s'était assise à la table.

– Vous êtes sûre que c'est une salope ? Elle a l'air gentille. Ce n'est pas de sa faute si elle est jolie.

– Tiens donc. Eh bien, je la soupçonne d'avoir une liaison avec Tolly.

– Vous avez posé la question à votre mari ?

– Oui, mais il nie. Évidemment.

– Alors quelle preuve avez-vous ?

– Rosie fabrique son propre parfum à la rose. Écœurant. L'autre jour, en revenant de chez le coiffeur à Norwich, j'ai senti cette odeur dans notre chambre. En plus, Tolly avait changé les draps et les avait mis à la machine. Lui qui n'en a jamais lavé une paire ! D'après lui, une des cavalières de la chasse à courre était venue se servir de notre salle de bains, qui est attenante à la chambre, pour se remaquiller. Et il m'a fait remarquer que Rosie distribue son eau de rose dans tout le village.

– Et les draps ?

– Il prétend que cette femme a monté son verre avec elle et l'a renversé sur le lit.

– Tiens donc.

– Quand je lui ai demandé le nom de la cavalière, il s'est mis dans une rage folle, disant que je lui cherchais toujours des histoires et qu'il voulait divorcer. »

Agatha mit la cafetière électrique en marche.

« Mais est-ce que ce divorce ne serait pas une bonne idée, finalement ? Vous pourriez retourner vivre à Londres.

– J'ai besoin de preuves. De preuves solides et irréfutables qu'il m'a trompée. Alors, je le mettrai sur la paille.

– Vous n'avez pas de fortune personnelle ?

– Non. » Un petit non amer.

« Qu'est-ce que vous faisiez avant de vous marier ?

– J'étais mannequin. Oh, pas top model ni même mannequin de défilés. Je posais pour des catalogues, des pubs pour serviettes hygiéniques à la télé, ce genre de choses.

– Comment avez-vous rencontré Tolly ? »

Agatha prit deux mugs et sortit le lait et le sucre.

« À un salon de la Maison idéale. J'étais engagée avec un autre mannequin pour porter des peignoirs de bain, histoire d'agrémenter son stand. Il m'a invitée à dîner et ça a été plié. »

Agatha versa le café dans les tasses.

« Servez-vous de lait et de sucre, dit-elle en allumant une cigarette.

– Je peux vous en prendre une ? demanda Lucy.

– Allez-y, dit Agatha en poussant le paquet vers elle. Je croyais que vous ne fumiez pas. Je n'ai pas vu de cendrier chez vous.

– Tolly me l'interdit. Lui qui fumait trois paquets par jour.

– Ah, je vois le genre. Ça fait combien de temps que vous êtes mariés ?

– Cinq ans.

– Cinq ans ? Vous avez été mariée avant ?

– Pensez-vous ! J'attendais l'homme de ma vie. Bref, si je suis venue, c'est pour vous demander de me fournir la preuve de son infidélité. Vous avez dit que vous étiez détective. J'ai un peu d'argent de côté. Je vous paierai.

– Je n'aime pas beaucoup ce genre d'enquête, avoua Agatha lentement. On remue de la fange. »

Lucy la regarda d'un air agacé.

« Qu'est-ce que vous avez d'autre à faire dans ce trou paumé, où les gens croient aux fées ?

– J'écris un livre », répliqua Agatha, qui avait momentanément oublié sa tentative littéraire. L'envie lui revint brusquement de s'y remettre.

« Réfléchissez, dit Lucy. Je suis à bout.

– Écoutez, je veux bien poser des questions. Il y a dans le village plusieurs femmes qui ne portent pas Rosie dans leur cœur. »

Et puis, si je menais une petite enquête, pensa-t-elle, ça me servirait pour mon livre, d'autant qu'il est basé sur ce couple antipathique.

Elle repensa aux fées et demanda :

« Il y a des enfants dans le village ?

– Quelques-uns. Mais les jeunes couples sont rares ; les autres ont des enfants qui sont adultes, mariés et vivent ailleurs. Il n'y a pas de logements sociaux par ici, donc pas de jeunes mères célibataires. Betty Jackson, notre femme de ménage, qui vit dans le cottage en face de l'agence immobilière, en a quatre en bas âge. Mais comme tous les gamins d'aujourd'hui, quand le bus les dépose chez eux après l'école, ils ne décollent plus de la télévision.

– Je me demande comment le voleur s'introduit si facilement dans les maisons pour piquer des objets.

– Il y a beaucoup de gens qui ne ferment pas leur porte, ou qui laissent la clé tantôt sous le paillasson, tantôt dans la boîte aux lettres, au bout d'une ficelle qu'on peut tirer par la fente. Oubliez les fées, Agatha. Et essayez de me trouver des preuves contre Tolly. »

Après le départ de Lucy, Agatha résolut de se remettre à son livre. Bien décidée à ne pas en relire un mot avant d'avoir terminé le premier chapitre, elle continua à écrire laborieusement. Ce ne fut que lorsque la lumière baissa au-dehors qu'elle se rendit compte qu'elle était affamée et qu'elle avait rendez-vous au pub avec les membres du Club des femmes.

Elle engloutit en vitesse un curry surgelé et monta se changer.

Le pub était relativement vide, à l'exception de Harriet, Amy et Polly, qui se trouvaient là avec leurs maris. Quand Agatha fit mine de les rejoindre, Henry Freemantle lui décocha un regard venimeux. Personne ne proposa de lui offrir un verre. Agatha sentit monter une bouffée soudaine d'exaspération contre eux tous.

« Qu'est-ce que je vous sers, Mrs Raisin ? » demanda Rosie Wilden. Ses cheveux blonds étaient relevés, hormis une mèche rebelle qui s'égarait sur un sein velouté dévoilé presque entièrement par le décolleté plongeant du corsage, noir cette fois.

« Une bouteille d'arsenic », grinça Agatha.

Rosie éclata de rire.

« Vous êtes unique, vous !

– Oui, hein ? Dites, est-ce que vous avez une liaison avec Tolly Trumpington-James ? »

Sa question n'entama pas la bonne humeur de Rosie.

« Mrs Raisin, d'après les commérages locaux, j'ai une liaison avec chacun des hommes du village. Tolly ne vient même pas ici. Pas assez chic pour lui.

– Je crois que je ne vais rien boire. Je n'ai pas envie d'aller m'asseoir avec eux.

– Comme vous voudrez. Vous voulez vous installer ailleurs ?

– Non. Vous n'aurez qu'à leur dire que j'ai oublié quelque chose dans le four. »

Agatha prit la fuite, passant à côté de la table où étaient assis ses nouvelles amies et leurs maris.

Cette fois, elle ne manqua pas de récupérer sa

voiture pour rentrer chez elle. Ses chats étaient dans le jardin. Ils arrivèrent, les pattes raides, le dos arrondi, le poil hérissé. Les voyant dans cet état, Agatha s'empressa de jeter un coup d'œil dans le jardin. Les lumières étaient encore là, et elles continuaient leur danse.

Avec un grognement rageur, elle se précipita, mais à son approche les lumières papillotèrent et disparurent.

Elle courut jusqu'à la maison qu'elle traversa pour prendre une lampe torche dans sa voiture, puis repartit ventre à terre dans le jardin et se mit à fouiller chaque centimètre carré d'herbe à l'emplacement où elle avait vu les lumières. L'herbe était haute et souple, car Barry n'y avait pas touché. Au-delà de l'étendoir, c'était un espace encore en friche.

Dépitée, Agatha rentra, prit l'inventaire et se mit à vérifier minutieusement chaque objet. Aucun ne semblait manquer à l'appel.

Elle ne put cependant se défendre d'une inquiétude diffuse.

3

Le lendemain matin, le mauvais temps qu'Agatha avait pressenti était arrivé. En se réveillant, elle entendit le vent hurler et la pluie crépiter contre les vitres. Elle s'habilla et descendit. La maison était glaciale.

Elle entra dans le salon. Inondé de soleil, il lui avait semblé meublé avec goût, avec ses fauteuils et son canapé tapissés de tweed à carreaux et son tapis d'un chaleureux orange foncé. Mais ce matin, elle le voyait tel qu'il était : le séjour sans âme d'une location avec, entassés sur la cheminée, des bibelots qu'elle n'aurait jamais achetés et au mur des tableaux qu'elle n'aurait jamais accrochés.

Elle fit du feu, se disant qu'il faudrait aller chercher d'autres allume-feu. Lorsque les bûches se mirent à crépiter gaiement, elle passa dans la cuisine se faire un café qu'elle rapporta dans le salon.

Elle se sentait seule, étrangère et, au bout d'un moment, elle se leva pour aller jusqu'au téléphone dans l'entrée. Il faut que je m'achète un poste supplémentaire à mettre dans le salon, pensa-t-elle en composant le numéro de Mrs Bloxby. Ce n'est pas malin de se geler dans cette entrée.

« Ah, c'est vous, dit la femme du pasteur. Non, James n'est pas encore rentré.

– Je ne téléphonais pas pour ça, rétorqua Agatha, piquée. Je vais peut-être revenir plus tôt que prévu.

– Ce sera un plaisir de vous revoir parmi nous. Mais qu'est-ce qui se passe ? Quelque chose qui tourne mal ?

– On s'ennuie ici, et il s'est mis à pleuvoir. »

Jamais Agatha Raisin n'aurait admis que les lumières des fées l'avaient effrayée. Agatha Raisin avait peur de tant de choses – de l'amour, des conflits, de l'âge, de la vie en solitaire – qu'elle abordait la vie comme un combat de boxe.

« Vous êtes à côté de Norwich, c'est ça ? demanda Mrs Bloxby de sa voix douce.

– Pas loin, en effet.

– Et si vous alliez voir un film sans prétention et faisiez un peu de lèche-vitrines ? »

L'idée, tout à fait sensée, prit Agatha à rebrousse-poil. Elle aurait voulu s'entendre dire que tout le monde à Carsely regrettait son absence et qu'on la suppliait de revenir.

« J'y songerai, dit-elle avec aigreur. Et quoi de neuf de votre côté ?

– Miss Simms a un nouvel amoureux. »

Miss Simms était la mère célibataire du village et

la secrétaire de la Société des dames de Carsely. La nouvelle détourna un instant l'attention d'Agatha.

« Ah bon ? Qui est-ce ?

– Il travaille dans les tapis. Elle m'a fait cadeau d'une de ces fausses carpettes chinoises.

– J'ai du mal à l'imaginer dans votre salon.

– Elle est dans le bureau d'Alf. Le sol y est en pierre et il a froid aux pieds quand il écrit ses sermons, alors c'est idéal.

– Quoi d'autre ?

– Il est question de rénover le Red Lion, ce qui est fâcheux.

– Quelle idée ! Je le trouve très bien tel qu'il est, dit Agatha, qui avait une certaine tendresse pour le pub, son plafond bas à poutres apparentes et ses fauteuils confortables et fanés.

– L'idée ne vient pas du patron, John Fletcher, mais de la brasserie qui est propriétaire des lieux. Je crois même qu'ils envisagent de tout refaire en style Art déco.

– Mais c'est moche, et complètement ringard ! s'égosilla Agatha. Il faut que tout le monde proteste.

– C'est fait.

– Je devrais peut-être rentrer pour faire bouger les lignes.

– Vous ne m'écoutez pas. La Société des dames de Carsely a déjà récolté les signatures de tout le village. Je ne crois pas que la brasserie persistera face à une telle levée de boucliers.

— Non, sans doute pas, répondit Agatha d'une petite voix.
— Quel beau temps, n'est-ce pas ?
— Il pleut comme vache qui pisse ici. »

Agatha rougit : un court silence réprobateur avait accueilli son langage cru. Puis Mrs Bloxby reprit :

« Vous devriez peut-être songer à rentrer. Je sais que les hivers peuvent être rudes ici, mais dans le Norfolk ils sont vraiment épouvantables. »

Agatha saisit l'invitation comme une bouée de sauvetage.

« Je serai sans doute de retour la semaine prochaine. »

Lorsqu'elle eut pris congé, elle se sentit mieux. Allez, un café, puis le livre.

Elle choisit de commencer par imprimer ce qu'elle avait déjà écrit et de se relire. Mal lui en prit.

« Quel tas d'inepties, gémit-elle. Et ce n'est pas littéraire pour deux sous ! » Comment espérer que votre livre atterrisse sur la table du salon chez vos amis ou gagne le Booker Prize si vous n'écrivez pas de la littérature ?

Elle fronça les sourcils. Bien sûr, elle pouvait toujours recommencer et écrire l'un de ces romans qui se réclament du courant de conscience, ponctués d'obscénités. Il y avait aussi la posture littéraire qui consistait à décrire les plus menus détails du décor. Les écrivains finissaient toujours couchés dans l'herbe, à décrire la moindre brindille et le moindre insecte.

Agatha regarda tristement par la fenêtre la pluie qui tombait. Allez donc vous coucher dans l'herbe par un temps pareil !

Elle éteignit l'ordinateur et se leva. Que faire ? Inutile de vérifier l'infidélité de Tolly. Elle était sûre que Rosie Wilden avait dit la vérité.

On sonna à la porte. Agatha alla ouvrir et découvrit Harriet, abritée sous un énorme parapluie de golf. Elle le ferma en entrant puis se débarrassa de son Barbour.

« Je suis venue vous remercier, dit-elle.

— Pour quoi ?

— Croyez-moi si vous voulez, Rosie est venue à notre table hier soir pour nous dire qu'elle était ravie de voir des femmes au pub. Nos maris étaient horriblement déçus.

— Le vôtre est venu ici me menacer.

— C'est un teigneux, et il était vraiment mordu. Mais c'est fini maintenant.

— Tant mieux. Alors ils vont tous rester à la maison le soir ?

— Pensez-vous ! Ils vont trouver un pub dans un autre village.

— Alors ce qu'on a fait n'a servi à rien.

— Oh mais si ! Au moins nous savons qu'aucun de nos maris ne va avoir de liaison avec Rosie. »

Agatha revit mentalement les maris – celui de Harriet, grand, maigre et pompeux ; celui de Polly, petit, rond et pompeux ; celui d'Amy, court sur pattes, avec une tête de fouine. Elle allait ouvrir la bouche pour dire qu'aucun d'entre eux n'avait la moindre chance d'entrer dans le lit de Rosie, mais contrairement à ses habitudes elle s'abstint. Elle ne devait pas perdre de vue qu'elle quitterait Fryfam et ses fées sans tarder. Aussi se borna-t-elle à demander :

« Qu'est-ce qu'on peut bien trouver à faire ici un jour pareil ?

– Il y a toujours des tâches ménagères qui attendent. Et puis l'église à entretenir. Aujourd'hui, c'est le jour où j'astique les cuivres.

– Oh, à ce propos, j'aimerais bien trouver quelqu'un pour mon ménage », fit Agatha, songeant déjà à laisser en partant l'endroit aussi propre qu'elle l'avait trouvé.

« Il y a Mrs Jackson. Je vais vous donner son numéro de téléphone.

– Merci », dit Agatha en allant chercher de quoi noter. Pendant que Harriet inscrivait le numéro, on sonna de nouveau. Cette fois-ci, ce fut Polly qu'Agatha découvrit sur le seuil.

« Entrez donc. Harriet est ici. »

Polly ôta son volumineux ciré jaune et son suroît.

« Oh là là, quelle journée ! On a rarement vu ça ! »

Elle suivit Agatha dans la cuisine. « Je vous le donne en mille : il y a eu un vol au manoir.

– Non ! s'exclama Harriet. Laisse-moi deviner. Encore un coup des lumières ?

– Oui. Tolly les a vues, mais il était persuadé que c'étaient des enfants qui s'amusaient.

– Alors, qu'est-ce qu'on a volé cette fois-ci ? Un bibelot quelconque, comme d'habitude ?

– Non, renchérit Polly. Vous ne le croirez jamais... Vous ne me feriez pas un petit café, par hasard ?

– Tout de suite. Mais continuez. Qu'est-ce qui a été dérobé ?

– Un Stubbs.

– Non ! » s'exclama de nouveau Harriet.

Agatha ne voulait pas demander ce que c'était de peur de trahir son ignorance, mais la curiosité l'emporta.

« Stubbs ? grimaça-t-elle.

– George Stubbs, dit Harriet. Un peintre du XVIIIe siècle célèbre pour ses tableaux de chevaux. Ça doit valoir une fortune.

– Et il se trouvait où ? demanda Agatha. Je n'ai rien vu de ce genre dans leur salon.

– Il était dans le bureau de Tolly.

– Et comment les voleurs sont-ils entrés ?

– Alors là, mystère ! s'écria Polly qui, surexcitée, dansait sur sa chaise comme un bouchon sur l'eau. Tous les soirs, Tolly fait le tour de la maison, ferme tout à clé et branche l'alarme. »

Agatha versa le café dans des mugs et se pencha

pour fouiller dans un placard en quête d'un paquet de biscuits.

« Et que fait la police ? demanda-t-elle en se redressant et en ouvrant l'emballage de sablés au chocolat.

– La P.J. et les légistes examinent toute la maison. Ce flemmard de Framp a reçu l'ordre de monter la garde toute la nuit au manoir.

– Ce qui ne paraît pas très malin à présent, il arrive après la bataille.

– C'est aussi le point de vue de Framp. Oh, Agatha, si la presse se présente chez vous, surtout ne dites rien au sujet des fées, supplia Polly.

– Pourquoi donc ?

– Parce qu'on deviendrait la risée de tous. »

Agatha posa les sablés sur la table : « Alors pourquoi y croire, pour commencer ? Enfin, ce n'est sûrement pas votre cas, à toutes les deux.

– Il se passe des choses bizarres par ici. C'est une région de très anciennes traditions.

– Quand même, objecta Agatha. Des fées !

– Puisque vous êtes si maligne, quelle est votre explication, à vous ?

– C'est quelqu'un qui fait le mariole, histoire d'effrayer les superstitieux, et qui vole des bibelots sans valeur en attendant de tomber sur une affaire. Que vaut un Stubbs ?

– J'ai entendu Tolly dire que le tableau était assuré pour un million de livres, répondit Harriet.

– Sans blague !

– Lucy a pété un câble, dit Polly avec satisfaction. Elle dit qu'elle va faire ses bagages et aller à Londres s'installer chez un couple d'amis. »

La sonnette retentit encore. « Ce doit être Amy », déclara Agatha, qui alla répondre tandis que Harriet lançait dans son dos : « Sûrement pas. Elle travaille. »

Agatha ouvrit tout grand la porte et s'écria : « Charles ! » Elle avait complètement oublié avoir demandé à Mrs Bloxby de communiquer à celui-ci son adresse et son numéro de téléphone.

La pluie ruisselait sur les cheveux soigneusement peignés du visiteur, et il avait à la main une grosse valise.

« Je peux entrer, Aggie ? demanda-t-il d'un ton plaintif.

– Bien sûr. Pose tes affaires dans l'entrée. J'ai des visiteuses, mais elles ne vont pas tarder à partir. »

Charles laissa tomber sa valise et ôta son imperméable.

« Quel temps ! Il faisait soleil jusqu'à ce que j'arrive à la lisière de ce comté.

– Nous sommes dans la cuisine », dit Agatha, espérant qu'avoir un baronnet parmi ses amis ferait oublier son ignorance de George Stubbs.

Elle présenta Charles. Son triomphe fut de courte durée.

« Votre neveu ? demanda Harriet.

– Un ami, c'est tout », rétorqua sèchement Agatha. Charles avait la quarantaine et elle la cinquantaine – mais une petite cinquantaine très bien conservée.

« Il faut qu'on y aille, annoncèrent Harriet et Polly en se levant.

– Je vous raccompagne », proposa Agatha, le visage pincé. Ce n'était pas demain la veille qu'elle pardonnerait à Harriet d'avoir pris Charles pour son neveu.

Dès qu'elle eut claqué la porte derrière elles, Agatha s'examina dans le miroir de l'entrée et poussa un petit cri de détresse. Elle n'était pas maquillée du tout et pas coiffée non plus.

« Je redescends dans une minute, cria-t-elle à Charles. Sers-toi du café. »

Elle se précipita dans sa chambre et, assise devant sa coiffeuse, appliqua une mince couche de crème anti-âge, puis un fond de teint léger. De la poudre, du rouge à lèvres, mais pas d'ombre à paupières, il était encore trop tôt. Elle brossa ses épais cheveux bruns jusqu'à ce qu'ils soient bien brillants, puis redescendit dans la cuisine, où elle trouva Charles assis par terre, en train de jouer avec ses chats.

« Tu aurais pu téléphoner pour me prévenir, dit Agatha.

– Je suis parti sur un coup de tête », dit Charles, se relevant avec légèreté. Et il tapota ses vêtements pour en ôter la poussière. Quel homme soigné, se dit Agatha. Sa chemise était immaculée, son pantalon bien repassé, ses chaussures luisantes. Même nu, il paraissait toujours tiré à quatre épingles : on aurait dit qu'il portait un impeccable costume blanc.

« Tu comptes rester combien de temps ?

— Ça dépend, répondit-il en étouffant un bâillement. Qu'est-ce qui se passe dans ce patelin ?

— Beaucoup de choses. Monte ta valise dans la chambre d'amis. Celle avec un lit une personne.

— D'accord. »

Charles disparut. J'aurais dû l'avertir que je ne comptais pas rester plus d'une semaine, songea Agatha. Oh, finalement, une semaine avec Charles sera bien suffisante. Et je ne vais certainement pas coucher avec lui, c'est hors de question. Mais les choses ont l'air de prendre une tournure très intéressante à Fryfam.

Lorsque Charles redescendit, il trouva Agatha en contemplation devant les plats tout préparés de son congélateur.

« Retour à la case micro-ondes, hein ? devina-t-il. La dernière fois que je t'ai vue, tu avais opté pour de la vraie cuisine.

— Mais c'est de la vraie, ça, rétorqua Agatha. Ce n'est pas parce que je ne prépare pas les ingrédients moi-même que ce n'est pas de la cuisine. Je parie que la plupart des repas que tu prends dans les restaurants que tu fréquentes sont préparés à l'avance et livrés par une entreprise extérieure. Je connais un des employés d'un restaurant plusieurs fois étoilé à Moreton-in-Marsh, et il m'a certifié que tout, depuis le canard à l'orange jusqu'au bœuf Stroganoff, était sous vide. Tu veux du haddock sauce béchamel ?

— Pourquoi pas ? »

Charles s'assit à la table de la cuisine et poursuivit :

« Allez, raconte-moi ce qui se passe ici. »

Tout en vaquant à ses tâches culinaires — ôter l'emballage en carton, percer la pellicule de film alimentaire et mettre les barquettes au micro-ondes —, Agatha lui raconta tout sur les fées de Fryfam et le vol du Stubbs.

« Pas de meurtre ? s'enquit Charles. En général, là où tu passes, les gens trépassent.

— Arrête ! râla Agatha, en frissonnant. Il y a autre chose encore. La femme de Tolly est persuadée qu'il a une liaison avec Rosie Wilden, la patronne du pub, mais celle-ci nie et je la crois.

— Pourquoi ? Elle est moche à ce point ? ironisa Charles.

— Au contraire, c'est une beauté champêtre.

— Ha ha ! On fait l'impasse sur le poisson microondable et on file au pub.

— On n'y sert pas à manger.

— Quoi ? Même pas un œuf dur ?

— Non, même pas. On dirait un club masculin, ou un pub à l'ancienne. Les femmes ne sont pas les bienvenues tandis que les hommes bavent devant Rosie. »

Charles jeta un coup d'œil autour de lui.

« Pas mal pour une location. Mais il ne fait pas chaud.

— Il n'y a pas de chauffage central. Que du bois en pagaille. Mais je vais allumer ce radiateur à gaz.

— Mais qu'est-ce qui a bien pu te pousser à venir ici ?

— Un coup de tête. Je m'ennuyais et j'ai piqué une aiguille au hasard sur la carte. »

Elle posa une assiette de poisson devant Charles.

« Tu as du vin ? demanda-t-il.

— Oui, une bouteille de chablis que j'ai prise chez Tesco l'autre jour.

— Il y a un Tesco par ici ?

— À Norwich. »

Agatha sortit la bouteille du réfrigérateur et lui tendit un tire-bouchon.

« Au fait, le soir de mon arrivée, je suis allée au pub pour voir si je pouvais dîner. Rosie m'a dit qu'elle ne faisait pas restaurant, mais elle m'a invitée à manger dans sa cuisine les restes du dîner de famille, qui étaient délicieux. Et elle m'a servi un vin remarquable. Je me suis demandé ce que c'était.

— Pourquoi ne lui as-tu pas demandé ?

— J'en avais l'intention et puis je n'y ai plus pensé. Elle n'a jamais voulu me faire payer et ça m'a vraiment surprise. Ensuite, j'ai été invitée à rejoindre le Club des femmes de Fryfam. J'ai fait du patchwork. »

Charles s'étouffa de rire. « Ma pauvre ! Tu dois

vraiment ne plus savoir comment t'occuper. Allez, on finit de manger et on va rendre visite à Tolly Trumpington-James.

– Il y aura des policiers partout et Lucy a filé à Londres.

– Ce qui ne nous empêche pas de conjuguer nos efforts et notre exceptionnelle sagacité pour résoudre la mystérieuse disparition du Stubbs. »

La pluie s'était transformée en morne crachin.

« Pas terrible, cet endroit, commenta Charles sitôt que la voiture eut longé la place.

– Quand il fait beau, c'est joli. »

Ils sortirent du village pour gagner le manoir. Plusieurs voitures de police, des camionnettes et autres véhicules des forces de l'ordre étaient garés à l'extérieur.

Ils montèrent les marches du perron et Agatha sonna. La porte fut ouverte par la femme revêche qui avait servi le thé.

« Dites à Mr Trumpington-James que je souhaite le voir », annonça Agatha.

La femme s'éloigna d'un pas lourd. Au bout de quelques instants, elle revint : « Il est trop occupé. » Et elle entreprit de fermer la porte. Charles tendit sa carte de visite : « Je séjourne chez Mrs Raisin. Qu'il n'hésite pas à m'appeler. »

Elle jeta un coup d'œil sur la carte où s'étalait « Sir Charles Fraith ».

Tolly apparut au fond du vestibule.

« Elle est partie ? cria-t-il.

– Elle est encore là, avec un certain sir Charles Fraith », répondit la grognon.

Tolly se précipita et la bouscula, affichant un sourire onctueux.

« Ravi de vous voir, sir Charles. Entrez donc. Vous êtes venu chasser ? Vous montez, j'imagine ?

– Le chameau, oui. »

Tolly le regarda, les yeux exorbités, puis éclata de rire.

« Ah, l'humour ! Elle est bien bonne, celle-là ! Venez par ici. Je peux vous appeler Charles ? »

Il se dirigea à grands pas vers le salon.

« Quel con ! marmonna Charles. Viens, Aggie. »

Ils entrèrent dans la pièce.

« J'ai appris qu'on vous avait volé un tableau, dit Charles. Assuré, j'espère ?

– Heureusement. Mais ce qui me tracasse n'est pas l'argent. C'est de savoir qu'un malfaiteur est entré tranquillement chez moi, a décroché le tableau du mur et disparu avec lui.

– L'alarme était branchée ? demanda Agatha.

– Oui, acquiesça Tolly d'un ton agacé. Toutes les portes et les fenêtres étaient fermées.

– Il a été volé dans le bureau, c'est bien ça ? Pouvons-nous y jeter un coup d'œil ?

– Pas maintenant. La police y est.

– Et la femme qui a ouvert la porte ? Qui est-ce ?

– Betty Jackson. Oh, elle, c'est une brave femme.

– Une vieille bique ronchon, oui ! » rétorqua Agatha.

Tolly la dévisagea avec insolence.

« Comment pouvez-vous juger ? Les gens comme nous sont habitués aux domestiques, n'est-ce pas, Charles ?

– Non, dit celui-ci. J'emploie des femmes du village pour faire le ménage et, quand je reçois, j'ai recours aux services d'un traiteur. Aggie a raison, vous savez. C'est une vieille bique ronchon. »

Tolly laissa échapper un rire qui sonnait faux, puis il reprit :

« Vous restez quelque temps ? Je suis membre de la société de vénerie locale. Il y a de très bonnes chasses dans le coin.

– Je ne chasse pas », répondit Charles.

Tolly le regarda d'un œil brusquement soupçonneux.

« Pourquoi vous êtes-vous fait faire chevalier, alors ?

– Baronnet. Et le titre est dans la famille depuis des lustres.

– Où habitez-vous ?

– Dans le Warwickshire. En fait, si nous sommes venus, Aggie et moi, c'est que par le passé nous avons résolu de nombreuses énigmes. Nous nous sommes dit que nous pourrions vous aider.

– C'est très aimable à vous, mais je ne vois pas ce que vous pouvez faire de plus que la police. »

La porte du salon s'ouvrit et un homme très quelconque passa la tête par l'entrebâillement.

« Pourrions-nous vous toucher un mot, monsieur ?

– Certainement. » Tolly se tourna vers Agatha et Charles.

« Voici l'inspecteur-chef Percy Hand, qui est chargé de l'enquête. J'étais en train de discuter avec ces deux détectives amateurs. »

Hand leur adressa un sourire sans chaleur.

« Si vous pouviez venir, monsieur.

– Très bien, dit Tolly. Revenez si vous voulez. Je ne vous raccompagne pas, vous connaissez le chemin. »

« Quel malotru ! s'exclama Charles, suffoqué. C'est un miracle que nous n'ayons pas affaire à un meurtre avec un type pareil ! »

Ils montèrent dans la voiture.

« Qu'est-ce qu'il y a, Aggie ? reprit-il. Tu en fais, une tête.

– Pourquoi croit-il que je ne fais pas partie de votre monde ? C'est ce qu'il a insinué. »

Agatha posa un regard chagriné sur ses mains.

« Ah, ça ? Parce que c'est un vulgaire petit arriviste qui manque de confiance en lui et est toujours prêt à humilier quelqu'un. Allez, souris. Peut-être qu'il va se faire assassiner, et alors ça mettra un peu d'animation dans le secteur. »

Agatha dut s'avouer qu'elle appréciait la compagnie de Charles. Ils sortirent se promener sous la pluie en fin d'après-midi. L'air embaumait l'herbe et autres senteurs végétales, toutes dominées par celle des pins. Ils descendirent la rue principale, passèrent devant la petite rangée de boutiques, s'aventurant plus loin qu'Agatha ne l'avait fait seule et, à un coin de rue, ils découvrirent d'autres petits commerces : une quincaillerie, une friperie, un magasin vendant des fleurs séchées ainsi que des bougies de toutes les formes et de toutes les tailles, et un petit garage dans la cour duquel rouillaient deux vieilles voitures.

Le crachin régulier et pénétrant s'intensifia et le vent se leva, poussant des rideaux de pluie qui les empêchaient d'y voir clair. La nuit était tombée et des lumières s'allumaient aux fenêtres des maisons.

« Le pub devrait être ouvert à cette heure-ci, avança Charles. Allons prendre un verre. »

La salle était encore vide. Agatha alla s'asseoir près de la cheminée après avoir retiré son imperméable trempé.

« Un gin tonic pour moi, Charles. »

Il se leva et tapa sur le comptoir. Une puissante bouffée de parfum à la rose annonça l'arrivée de Rosie Wilden. Elle apparut vêtue d'une robe de laine couleur crème qui mettait en valeur son teint de lait et le bleu intense de ses yeux.

Charles s'accouda au bar et se mit à flirter. Il commença par s'étonner de découvrir une beauté aussi rare derrière le comptoir d'un pub de village. Puis il lui posa des questions sur elle. Lorsqu'il en vint à lui demander s'il lui arrivait d'avoir une soirée libre, Agatha, exaspérée, cria : « Alors, Charles, il vient, ce verre ?

— Tout de suite, répondit-il, sans toutefois se retourner. Ce sera un gin tonic et un demi de bitter. »

Puis il fouilla dans la poche de sa veste. « Aïe, j'ai oublié mon portefeuille.

— Ce n'est pas grave, monsieur, je le mettrai sur votre ardoise.

— Pas la peine. Aggie va payer. Aggie ? »

Agatha arriva d'un pas raide et déposa l'argent sur le comptoir.

« Si tu venais me rejoindre, Charles ? Tu as l'intention de jouer les piliers de bar toute la soirée ? »

Charles s'installa en face d'elle : « Il y a des fois où, à t'entendre, on croirait qu'on est mariés.

— Surtout quand tu t'abstiens systématiquement de payer.

— Ah, dis donc, elle, c'est un beau morceau. »

Agatha sentit monter l'irritation qu'éprouve toute femme en entendant son compagnon faire l'éloge d'une autre.

« J'avais oublié ton tact légendaire, soupira-t-elle. Je reconnais que j'ai fait une erreur en venant ici. Je vais rentrer à Carsely la semaine prochaine.

— Comment ça ? Alors que des fées font danser des lumières et qu'un Stubbs a disparu ? Ça ne te ressemble pas. Où est passée ton insatiable curiosité ?

– Elle a fondu sous la pluie. Et puis, quand tu as dit que tu avais oublié ton portefeuille, je me suis rendu compte que ta compagnie n'arrangerait rien à mon ennui.

– Méchante !

– Mais clairvoyante. » La lumière vacillante des flammes éclaira les traits fins et bien rasés de Charles. Oh, si seulement James pouvait être assis à sa place !

Le pub commença à se remplir. Agatha vit entrer les trois maris, Henry, Jerry et Peter, sans leurs femmes.

Jerry était en train de vitupérer contre Framp.

« C'est bien fait pour ce branleur de flic de devoir monter la garde devant le manoir toute la nuit. Ceci dit, c'est aussi utile que fermer la porte de la cage quand l'oiseau s'est envolé. J'espère qu'il chopera une pneumonie. Je ne lui ai jamais pardonné la fois où il m'a arrêté sur la route de Norwich parce que j'avais un feu stop qui ne marchait pas. Il m'a obligé à laisser ma voiture et j'ai dû prendre un taxi pour rentrer.

– Oui, tu nous l'as déjà racontée plusieurs fois, celle-là, releva Peter Dart en lorgnant Rosie.

– Quel gâchis de champagne, soupira Agatha, pensant tout haut. Je n'ai vraiment servi à rien ici.

– Pardon ? demanda Charles. Qu'est-ce que tu marmonnes ?

– Ces trois hommes au bar, ils négligent leurs épouses et viennent au pub pour mater Rosie. Alors j'ai invité les femmes ici et leur ai offert le champagne. Elles m'ont dit depuis que leurs maris allaient se trouver un autre pub, mais les voilà revenus. Crois-tu que Rosie soit vraiment innocente ? Ou qu'elle cherche à les allumer ?

– Je crois que quand une femme est aussi belle que Rosie, elle n'a pas besoin de jouer les séductrices. Et puis, pourquoi te mêles-tu des affaires de couple du village ? Ne t'étonne pas après ça que les cadavres pleuvent sur ton passage. »

Agatha éprouva une bouffée d'antipathie pour Charles.

« Allons-y, coupa-t-elle. J'en ai assez. »

Après un souper de curry réchauffé au micro-ondes, Charles s'installa devant la télévision. Agatha avait oublié qu'il était grand consommateur de ce que le petit écran pouvait réserver de pire. Elle annonça non sans humeur qu'elle allait se coucher, mais il regardait une émission intitulée « Les Monstres des ténèbres » et ne l'entendit même pas.

Elle monta dans sa chambre de fort méchante humeur et alla se regarder dans la glace de la salle de bains. La pluie avait effacé tout son maquillage. Elle se sentit vieille et moche. Après s'être prélassée dans un bain, elle se mit au lit, se cala contre ses oreillers et inspecta la série de livres de poche qu'elle avait placés sur sa table de chevet. Elle s'était acheté de la lecture légère : un gros best-seller qui, d'après la quatrième de couverture, se prétendait « érotique et captivant ». Agatha le feuilleta : vêtements griffés Gucci et draps froissés. Le suivant appartenait à la rubrique « roman pour femmes » ou plutôt c'était l'un de ces livres destinés aux femmes et écrits dans un style alambiqué qui se voulait littéraire. Elle le laissa de côté. Le troisième était une saga provinciale située dans un village où une femme d'âge moyen et sans soucis d'argent découvrait que son mari la trompait. Fidèle malgré elle à ses origines, Agatha avait du mal à croire qu'une personne au compte en banque bien garni puisse souffrir autant que quelqu'un de pauvre. Elle se disait souvent que son amour pour James était ridicule. Elle reposa le livre et choisit un polar bien noir qui se passait dans le sud profond des États-Unis. Au bout de quelques pages, le livre lui glissa des mains.

Quand Charles entra dans sa chambre plus tard pour lui souhaiter bonne nuit, il éteignit la lampe de chevet et déposa un baiser sur le front d'Agatha. Elle remua et marmonna quelque chose, mais ne se réveilla pas.

Elle rêvait de James. Ils faisaient une croisière en Méditerranée et elle sentait le soleil sur sa joue. Ils étaient accoudés à la rambarde et James se tourna vers elle en souriant.

« Agatha », répétait-il.

« Agatha ! Agatha ! » Du fond de son rêve,

Agatha se demanda pourquoi James criait ainsi. Elle se réveilla en sursaut, se rendit compte que c'était le matin et que quelqu'un tambourinait à la porte d'entrée en criant son nom.

Elle enfila une robe de chambre et dévala l'escalier, manquant de trébucher sur ses chats qui se frottaient à ses chevilles.

Quand elle ouvrit la porte à la volée, elle se trouva face à une Amy Worth surexcitée, les yeux exorbités.

« Qu'est-ce qui se passe ? demanda Agatha d'une voix ensommeillée.

– C'est Tolly ! Vous ne le croirez jamais.

– Quoi donc ?

– Il est mort... assassiné... Dire que Framp montait la garde ! »

4

Charles descendit en robe de chambre et lança : « Qu'est-ce que c'est que ce raffut, chérie ?

— Entrez, Amy. » Agatha, gênée, rougit. « Tolly a été assassiné, reprit-elle à l'intention de Charles.

— Quand ? Comment ?

— Cette nuit, dit Amy. Je ne sais pas encore comment on l'a tué. Betty Jackson, la femme de ménage, est montée au manoir et y est entrée.

— Elle a donc une clé ? s'étonna Charles.

— Oui. Et elle sait comment marche l'alarme. Elle n'était pas débranchée ! Elle dit qu'elle est montée voir s'il y avait quelqu'un dans la maison et qu'elle a trouvé Tolly mort sur le palier.

— Peut-être savait-il qui a volé son tableau, dit Agatha.

— En règle générale, le montant des primes d'assurance est deux à trois fois celui de la mise aux enchères, précisa Charles. À moins que Tolly ait été riche à n'en plus pouvoir, j'imagine qu'il aurait été ravi d'empocher l'argent de l'assurance. Vous connaissez le montant de la prime ?

— Il racontait à tout le monde qu'il avait assuré son tableau pour un million de livres. »

Ils s'assirent à la table de la cuisine.

« Un Stubbs, reprit Charles, pensif. Je me demande comment un homme tel que Tolly a pu se procurer un Stubbs.

— Ça, je peux vous l'expliquer, déclara Amy, le visage tout rose d'excitation, grisée d'être la messagère de nouvelles aussi palpitantes. Peu après leur installation ici, lord Tarrymundy, qui était descendu chez des amis dans le Norfolk, est venu chasser une journée. Bien entendu, il a fait une forte impression sur ce pauvre Tolly, vu qu'il était lord et tout ce qui s'ensuit. Il a commencé par soutenir qu'un gentleman comme Tolly devrait entamer une collection d'œuvres d'art, et a proposé de lui vendre le Stubbs – à un prix défiant toute concurrence selon lui. Trois cent trente mille livres, je crois. Ce n'était pas vraiment une affaire, mais Tolly l'a acheté, et il l'a ensuite assuré très cher. Maintenant, j'en viens au fait. À l'époque, les Trumpington-James avaient une maison à Launceston Place à Kensington, où Lucy se plaisait énormément. À l'évidence, au début de leur mariage, ils y organisaient des réceptions très chics. Et puis voilà que Tolly décrète qu'ils ne peuvent plus se permettre d'avoir deux résidences, qu'il adore la campagne, et il vend la maison de Londres pour près d'un million de livres. La pauvre Lucy était furieuse.

– On peut faire fortune avec des cabines de douche ? demanda Charles.

– La preuve ! répliqua Amy. Il avait des clients dans le monde entier, du moins c'est ce qu'il disait. Et il a vendu son affaire à une société américaine.

– Alors, récapitula lentement Agatha, il est très peu probable que Lucy ait volé le tableau avant d'assassiner son mari. Ce que je veux dire, c'est qu'il lui aurait suffi de le tuer pour hériter de tout, du Stubbs et du reste.

– De toute façon, elle était à Londres quand le meurtre a été commis ! s'exclama Amy. Alors elle ne peut pas être mêlée à cette affaire.

– Qui est ce beau garçon au fond de ton jardin, Agatha ? voulut savoir Charles. Une fée, peut-être ?

– Non. C'est Barry Jones, le jardinier.

– Je me demande s'il travaille aussi au manoir, dit Charles.

– Je vais lui poser la question. » Agatha ouvrit la porte et cria : « Barry ? »

Le jardinier arriva dans la cuisine par la porte de derrière et ôta sa casquette. Il avait les mêmes yeux bleu vif que Rosie Wilden. Sa chemise aux manches coupées révélait des bras musclés magnifiquement sculptés.

« Nous parlions du meurtre de Tolly. Vous vous occupez du jardin du manoir ? demanda Agatha.

— Pendant un temps, oui, m'dame. Pas de fleurs ni de légumes là-haut, non. Mais il fallait que les pelouses soient impeccables. Et puis voilà qu'il y a trois semaines, il m'a viré. Quand je lui ai demandé s'il avait quelque chose à me reprocher, il m'a répondu : "Je veux un vrai jardinier, parce que je vais faire paysager tout ça."

— Vous savez comment il a été tué ? s'enquit Charles.

— Non, mais Mrs Jackson raconte à tout le monde que Mrs Raisin et son copain ont été les derniers à l'avoir vu vivant, alors je crois que les flics vont pas tarder à débarquer chez vous.

— Merci, Barry. Vous pouvez retourner travailler. Je ferais bien de me préparer. Toi aussi, Charles. »

Agatha venait juste de finir de s'habiller lorsqu'on sonna une nouvelle fois. Elle se trouva face à Percy Hand, l'inspecteur-chef qu'elle avait vu la veille, accompagné d'un autre inspecteur.

« Vous êtes bien Mrs Raisin ? demanda-t-il.

— Oui. Entrez. C'est au sujet du meurtre ? »

Elle conduisit les deux hommes dans le salon. Il faisait à nouveau beau et le soleil qui inondait le salon soulignait les vestiges de la soirée télé de Charles : tasse de café, paquet de biscuits et programme télé.

« Asseyez-vous, les invita Agatha. Du café ?

— Oui, merci. »

En allant dans la cuisine, Agatha cria dans l'escalier : « Dépêche-toi, Charles. La police est là. »

En actionnant le percolateur, elle se souvint brusquement d'avoir laissé son manuscrit de *Panique au manoir* sur le bureau. Ledit bureau se trouvait dans un coin sombre du salon. L'inspecteur n'allait tout de même pas fouiner partout, si ?

Le café lui sembla mettre une éternité à passer. Où était Charles ? C'était lui qui aurait dû se charger du café, lui donnant ainsi l'occasion de mettre ce manuscrit à l'abri des regards indiscrets. Enfin, elle versa deux tasses de café qu'elle posa sur un plateau, avec du lait, du sucre et une assiette de petits gâteaux.

Sitôt entrée dans le salon, elle faillit lâcher son plateau. Debout devant le bureau, Hand feuilletait son manuscrit.

« Vous n'êtes pas censés avoir un mandat de perquisition pour fouiller dans mes affaires ? osa-t-elle d'un ton acerbe.

– Je pourrai m'en procurer un facilement », dit Hand en la regardant benoîtement. Je trouve intéressant que votre livre ait pour sous-titre « Mort d'un gentleman farmer » alors que Mr Trumpington-James vient de se faire assassiner.

– Pure coïncidence, rétorqua Agatha en posant le plateau sur la table basse.

– Ça fait beaucoup de coïncidences, murmura-t-il. Je vous présente le lieutenant Carey. » Et à la grande exaspération d'Agatha, il passa le manuscrit à son collègue en disant : « Jetez-y un œil. »

Charles entra à cet instant précis et fut accueilli par une protestation indignée : « Charles, ils lisent mon livre alors qu'ils n'ont pas de mandat de perquisition !

– Je ne savais pas que tu écrivais un livre. Mais quand même, vous autres, vous ne manquez pas de toupet.

– Le livre de Mrs Raisin s'intitule *Panique au manoir* », lui apprit Hand.

Charles éclata de rire.

« C'est la première fois que tu t'essaies à l'écriture ? »

Agatha fit un signe d'assentiment et Charles se tourna vers Hand.

« Comment Tolly a-t-il été assassiné ?

– Il a eu la gorge tranchée au rasoir.

– Vous voulez dire un de ces rasoirs à main à l'ancienne, qu'on appelle des sabres ?

– Exactement. Or dans le manuscrit de Mrs Raisin, le propriétaire du manoir, Peregrine Pickle, se fait trancher la gorge.

– Tu ne peux pas l'appeler comme ça ! s'exclama Charles, hilare et momentanément distrait.

– Pourquoi ?

– Parce que c'est le titre d'un livre de Tobias Smollett. Un classique, Aggie.

– Je peux changer le nom », dit Agatha, toute rouge. Elle détestait qu'on lui fasse remarquer ses lacunes. « Le moment est mal choisi pour ergoter sur les détails littéraires. Ils n'ont pas le droit de fouiller dans mes affaires sans ma permission.

– Elle a raison, vous savez », dit Charles.

La sonnette retentit une fois de plus.

« C'est sûrement pour nous, conclut Hand, qui alla ouvrir et revint en agitant un papier. Voilà le mandat de perquisition, Mrs Raisin. Mais avant d'appeler mes hommes, j'aimerais vous poser quelques questions. »

Vaincue, Agatha s'assit sur le canapé à côté de Charles. Si elle était furieuse que les inspecteurs aient regardé son manuscrit, c'était moins parce que cette intrusion la scandalisait que parce qu'elle avait honte de son travail.

Charles et elle répondirent aux questions préliminaires : qui ils étaient, d'où ils venaient, quelle était la raison de leur présence à Fryfam.

« Nous en arrivons donc à ce que vous faisiez au manoir hier, dit Hand. Mr Trumpington-James a laissé entendre que vous étiez tous deux des détectives amateurs. »

Avant que Charles n'ait pu l'en empêcher, Agatha, tendue, s'était lancée dans un étalage complaisant de toutes les affaires qu'elle avait résolues. Charles vit le regard moqueur échangé par les inspecteurs et comprit qu'ils la cataloguaient comme une excentrique un peu timbrée.

Agatha, déstabilisée par l'œil glacial de Hand, perdit contenance. Son interlocuteur déclara d'un ton sarcastique : « Pour l'instant, nous nous contenterons du travail d'investigation policière classique. Mais si nous sommes dans l'embarras, nous solliciterons votre aide. On peut poursuivre ? Bien. Pourquoi êtes-vous allés voir Mr Trumpington-James ? Le connaissiez-vous l'un ou l'autre avant de venir ici ? Répondez la première, Mrs Raisin. »

Agatha expliqua qu'elle avait été invitée une première fois pour le thé. Elle hésita quelques instants à parler à Hand des soupçons de Lucy sur l'infidélité de son mari. Puis elle se dit : Pourquoi le ferais-je ? Qu'il découvre ça lui-même s'il est si intelligent !

« Vous avez marqué un temps d'hésitation, releva Hand. Est-ce que vous omettez quelque chose ?

– Non, pourquoi voulez-vous que je cache des informations ? »

Hand se tourna vers Charles.

« Vous avez déclaré ne pas connaître Mr Trumpington-James, mais vous êtes allé lui rendre visite avec Mrs Raisin. Pour quelle raison ? Vous n'êtes arrivé qu'hier dans la région.

– Aggie m'a parlé du vol du Stubbs.

– Aggie étant Mrs Raisin ?

– Je préfère Agatha, si ça ne vous fait rien, dit celle-ci avec humeur.

– Alors, sir Charles, vous êtes bien allé le voir. Pourquoi ? »

Après les vantardises d'Agatha, Charles rechignait à admettre qu'ils avaient cru pouvoir découvrir qui avait volé le Stubbs, mais finalement, il haussa les épaules et déclara :

« Nous nous sommes dit que nous pourrions obtenir quelques indices concernant le vol du Stubbs.

– Comment ? » demanda vivement Hand.

Il devrait se couper les ongles, pensa Agatha. On dirait des griffes, tant ils sont blanchâtres et striés.

« Comment ça, "comment" ?

– Comment diable avez-vous pu imaginer découvrir ce que la police n'a pas tiré au clair, sir Charles, alors que vous n'avez aucun matériel médico-légal, ni aucune connaissance de la région ?

– Je sais que vous n'avez pas cru un seul mot du récit d'Agatha quand elle a parlé, un peu longuement, certes, des affaires qu'elle a résolues, fit patiemment Charles, mais vous n'avez qu'à vérifier ses dires auprès de la police de Mircester. Les gens nous parlent autrement qu'à des policiers, vous comprenez. Et je vais vous dire pourquoi. Vous avez été condescendant avec Aggie et vous l'avez prise à rebrousse-poil ; alors, si par hasard elle a connaissance d'une information utile, elle n'ira certainement pas vous la donner.

– Si j'apprends que l'un de vous a omis de révéler des informations utiles, je vous inculpe.

– Vous vous rendez compte de ce que vous dites ? reprit Charles, imperturbable. Maintenant, c'est moi que vous avez pris à rebrousse-poil.

– Nous allons perquisitionner sans plus attendre, trancha Hand, sévère. Et nous gardons ce manuscrit. On vous donnera un récépissé. »

Deux heures plus tard, la police partit.

« Je meurs de faim, dit Charles. Nous n'avons pas pris de petit déjeuner. Tu as des œufs ?

– Oui.

– Je vais nous faire une omelette, et ensuite nous irons interroger le flic du village. Il s'appelle comment, déjà ?

– Framp.

– C'est ça.

– Mais pourquoi lui, Charles ?

– Parce qu'il est simple flic et je suis sûr que Hand n'a pas dû le ménager. Nous allons passer le voir et nous le caresserons dans le sens du poil.

– Il ne va pas être au manoir ?

– Sûrement pas. On l'aura renvoyé à ses affaires et à sa ronde avec un bon savon. Allez, je vais la faire, cette omelette. »

Agatha resta assise, les épaules voûtées, devant une tasse de café dans la cuisine, à regarder Charles battre les œufs dans un saladier. Comment se fait-il que je me retrouve toujours avec des hommes qui ne me disent pas ce qu'ils pensent sincèrement de moi ? se demandait-elle. Charles avait été son amant autrefois, mais ne lui avait jamais rien dit de particulièrement tendre. Il allait et venait dans sa vie sans guère laisser de traces de sa personnalité ou de ses pensées intimes.

Le repas terminé, ils se dirigèrent vers le poste de police. Agatha ronchonnait – elle portait des talons et Charles avait insisté pour qu'ils fassent le chemin à pied –, disant qu'ils perdaient leur temps. Que Framp aurait certainement été réquisitionné pour passer au peigne fin les buissons entourant le manoir à la recherche d'indices.

Une forte brise agitait les cimes des pins, qui faisaient un bruit évoquant la mer. Mais au niveau du sol, tout était étrangement calme, hormis quelques chuchotis au hasard des rafales de vent. Les chaussures d'Agatha avaient non seulement des talons mais de fines lanières laissant les orteils découverts, et le sable qui entrait à l'intérieur de ses collants lui irritait la plante des pieds.

« Sa voiture est là ! » s'écria triomphalement Charles lorsqu'ils arrivèrent en vue du poste de police.

Ils sonnèrent et attendirent. Pas de réponse.

« Essayons à l'arrière », proposa Charles. Ils contournèrent le bâtiment, ouvrirent une barrière en bois qui menait au jardin, où Framp, debout devant un brasero fumant, brûlait des feuilles qu'il avait râtelées dans l'herbe.

« Suis de repos ! » cria-t-il en les voyant.

Ce qui n'empêcha pas Charles de s'approcher de lui.

« Vous connaissez Mrs Raisin ici présente. Je suis Charles Fraith.

– J'ai entendu parler de vous. Vous étiez au manoir hier après-midi. »

Une brusque rafale envoya des tourbillons de

fumée devant ses yeux, qu'il frotta du revers d'une main crasseuse.

« Je m'étonne qu'un policier brillant comme vous ne soit pas en service, avec toutes ces histoires de meurtre et de vol.

– On m'a renvoyé à mon service ordinaire, répliqua Framp d'un ton boudeur. Comme si c'était de ma faute s'il a été assassiné. J'ai monté la garde toute la nuit devant cette maison et je n'ai pas entendu un seul bruit. Il n'est entré ni sorti personne.

– Alors, qui a fait le coup d'après vous ?

– Si on allait prendre une tasse de thé ? » suggéra Framp, donnant au feu un méchant coup avec une tige en métal rouillé. De petites flammes léchèrent les feuilles, libérant un surplus de fumée âcre qui emplit l'air.

Dans sa cuisine en désordre, une bouilloire chauffait déjà sur la vieille cuisinière Aga en fonte. Framp mit cinq sachets de thé dans une petite théière et emplit trois mugs de thé noir.

Puis il se laissa tomber lourdement sur une chaise.

« Vous voulez savoir qui l'a tué ? Sa femme, bien sûr.

– Mais il paraît qu'elle était à Londres, avança Agatha.

– Qu'elle dit ! Son alibi n'a pas encore été vérifié, et de toute façon ses amis pourraient la couvrir.

– Pourquoi elle ? demanda Charles.
– Elle ne se plaisait pas du tout ici. Elle voulait retourner vivre à Londres. Alors elle commence par piquer le tableau, et puis elle liquide le mari, sachant qu'elle va hériter de tout en plus de l'argent de l'assurance. Elle ne peut pas vendre le tableau, vu que tout le monde le cherche. Mais il était assuré un bras, alors il vaut mieux qu'il reste introuvable.
– Hand m'a fortement déplu, fit Agatha. Désagréable comme tout, ce type.
– Il n'est pas très aimé », dit Framp d'un air sombre. Il étouffa un bâillement. « Faut que j'aille dormir un peu.
– Où est Lucy Trumpington-James en ce moment ? demanda Agatha.
– Une voiture de police la ramène de Londres. Elle devrait arriver d'un moment à l'autre.
– Mrs Jackson sait comment faire marcher l'alarme, non ?
– Oui, et alors ? C'est une femme d'ici. Elle n'a jamais quitté le village.
– Il y a un Mr Jackson ? voulut savoir Charles.
– Oui, mais il purge une peine à la Scrubs[1].
– Wormwood Scrubs ? La prison ?
– Exact.
– Pour quel motif ? demanda Agatha.
– Vol à main armée. Il a failli tuer un gardien

---

1. La plus grande prison de Londres.

d'entrepôt en le tabassant. Il a chopé quinze ans. Pas tant pour avoir battu le gardien, on est en Angleterre, hein ! mais pour avoir volé dix-huit mille livres.

— Ça s'est passé quand ?
— Il y a presque deux ans.
— Donc ça ne peut pas être lui. Ils ont retrouvé l'argent ?
— Oui. À l'époque, il ne vivait pas avec sa femme. Ils ont découvert le tout dans un appartement du quartier de Clapham, à Londres.
— Et c'était sa première condamnation ?
— La première sérieuse. Avant ça, il y avait eu des délits mineurs, des vols de voitures, ce genre de choses.
— Où habite Mrs Jackson ?
— Pourquoi ? intervint Framp.
— J'ai besoin d'une femme de ménage, expliqua patiemment Agatha. Elle va avoir du temps libre ces temps-ci, vu que la police occupe le terrain, au manoir. Au fait, il a un nom, ce manoir ?
— Je crois que les gens l'ont toujours appelé "le manoir", tout simplement. »

Charles avala une gorgée du thé noir et amer et réprima un frisson de dégoût.

« Il faut qu'on y aille, Aggie.
— C'est comme ça qu'on vous appelle ? gloussa Framp non sans ironie. Vous ne ressemblez pas à une Aggie, pour moi.
— C'est Agatha, mon prénom », rétorqua celle-ci

en regardant Charles d'un œil torve. Elle se retourna vers Framp. « Alors, où habite Mrs Jackson ?

— Vous voyez le garage Short ?

— On est passés devant hier.

— Eh bien, sa maison est juste derrière, on ne la voit pas de la rue. »

« Prenons la voiture, plaida Agatha lorsqu'ils se retrouvèrent dehors.

— Et si tu mettais une bonne paire de chaussures plates en repassant à la maison ? À pied, on pourrait rencontrer des gens en chemin et faire un brin de causette. Si tu passes à toute vitesse en voiture, tu ne risques pas de récolter des infos.

— Oh bon, d'accord », concéda Agatha, maussade. Elle trouvait que les chaussures plates lui tassaient la silhouette.

À peine s'étaient-ils remis en route qu'Agatha commença à se demander quels villageois ils étaient censés rencontrer. Ils traversèrent la place déserte, passèrent devant l'agence immobilière où l'on apercevait Amy, penchée sur son clavier d'ordinateur. C'est alors qu'Agatha vit approcher Carrie Smiley et Polly Dart. Elle leur lança : « C'est affreux, ce qui est arrivé à Tolly !

— Oui, affreux, reprit Carrie en écho. Vous avez eu la visite de la police ?

— En effet, les flics sont venus. Vous vous y attendiez ?

— Bien sûr, acquiesça Carrie. Le bruit circule

dans le village que vous êtes sans doute la dernière personne à l'avoir vu vivant.

— Alors heureusement qu'il s'est fait trancher la gorge au milieu de la nuit. Au fait, ajouta-t-elle, c'était bien au milieu de la nuit ?

— Personne n'en sait rien, lança sèchement Polly. Mais les policiers ne sont partis que très tard hier soir, et ils ont laissé Framp en service. La presse est arrivée. Ça n'arrête pas !

— Où sont les journalistes ?

— Au pub. Rosie a ouvert très tôt, dès qu'elle a appris le meurtre. D'après elle, les journalistes sont toujours des soiffards. Où allez-vous comme ça ?

— Voir Mrs Jackson. J'ai besoin d'une femme de ménage, et j'imagine qu'elle ne va pas reprendre son travail au manoir avant plusieurs jours.

— Ça m'étonnerait qu'elle y retourne, dit Carrie. Lucy ne pouvait pas la voir.

— Elle ne m'a pas donné cette impression, lança Agatha.

— C'est pourtant le cas. Elle a dit un jour à Harriet que Mrs Jackson mettait son nez partout et lisait le courrier. Vous êtes sûre que vous voulez l'employer ?

— Je verrai bien. Qui d'autre fait des ménages ici ? demanda Agatha pour la forme, car elle tenait à engager Mrs Jackson qui serait sûrement la meilleure source d'informations.

— Personne qui soit libre. Mrs Crite s'occupe de la maison du pasteur et elle dit toujours que ça lui suffit amplement. Les locataires d'été se débrouillent en général seuls. Moi, je fais mon ménage moi-même. Je ne vois pas pourquoi une femme irait payer quelqu'un pour faire le travail dont elle devrait se charger.

– Bien dit ! répondit suavement Agatha. L'important, c'est de ne pas imposer ses préjugés aux autres, vous ne trouvez pas ? Il faut que j'y aille. Charles, si on... Charles ? »

Elle se retourna et avisa Charles un peu à l'écart, en train de chuchoter à l'oreille de Carrie. Celle-ci avait rougi et gloussait.

« Qu'est-ce que tu fabriquais ? s'insurgea Agatha.
– Je bavardais, c'est tout. Tu es jalouse, Aggie ?
– Bien sûr que non. Ne sois pas ridicule ! »

Carrie était en jean moulant et bottines à talons. Elle avait la jambe fine. Moi aussi, quand je ne porte pas ces godasses plates, pensa Agatha.

Ils tournèrent dans la rue suivante et atteignirent le garage, où un homme en salopette avait le nez dans un moteur de voiture.

« Mrs Jackson habite près d'ici ? hasarda Charles.

– Prenez ce petit chemin sur le côté, dit l'homme en se redressant. On voit sa cheminée entre les arbres. »

Ils suivirent ses indications et arrivèrent devant un cottage délabré au toit couvert de roseaux du Norfolk. Il aurait eu besoin d'être refait car les roseaux étaient poussiéreux et en mauvais état. Le jardin devant la maison était un fouillis de mauvaises herbes jonchées de vieux jouets d'enfants.

Agatha sonna.

« Je n'ai rien entendu, dit Charles. La sonnette doit être cassée. » Il frappa à la porte. Celle-ci fut ouverte par Barry Jones, le jardinier.

« Qu'est-ce que vous faites ici ? demanda Agatha.

– Je suis venu chez ma mère manger un morceau.

– Votre mère ? Mais vous vous appelez Jones.

– Le premier mari de ma mère était un Jones.

– Peut-on parler à votre mère ? tenta Charles.

– Si vous voulez. Mais elle est un peu fatiguée, parce que les flics sont restés ici toute la matinée. »

Ils entrèrent dans une cuisine dallée de pierre dont le désordre surpassait encore celui de chez Framp. De la vaisselle s'entassait dans l'évier, et le dessus du vieux fourneau à charbon encrassé par la graisse était encombré de casseroles sales.

Assise devant la table de la cuisine, Betty Jackson plongeait une tranche de pain dans le jaune d'un œuf au plat. Les gens passent leur temps à prendre le petit déjeuner par ici, se dit Agatha, pensant à Framp.

« Qu'est-ce que c'est ? demanda Mrs Jackson d'une voix morne.

– Je cherche une femme de ménage, annonça Agatha, tout sourire. Comme elle est pittoresque, votre maison ! J'adore ces vieux cottages.

– Facile à dire pour des gens comme vous, lança

amèrement Mrs Jackson. Moi, j'aimerais bien habiter dans le lotissement neuf qu'ils ont construit à Purlett End Village. Mais vous croyez qu'on m'y aurait attribué une maison ? Des clous, oui ! »

Charles se glissa sur une chaise à ses côtés.

« La police vous a cuisinée ?

– Ah, ça ! Avec leurs questions à la noix. Je leur ai dit que j'étais partie à cinq heures, un point c'est tout.

– Qui aurait pu faire une chose pareille ? demanda Charles, qui prit l'une des grosses pattes rouges et enflées de Mrs Jackson entre ses mains et la serra doucement.

– J'en sais rien », dit-elle, considérablement radoucie. Agatha, voyant que personne n'allait lui proposer de s'asseoir, tira une chaise.

« Les relations entre Tolly et Lucy n'étaient pas un peu tendues, non ? continua Charles d'une voix douce et enjôleuse.

– Oh, non, répondit-elle en secouant la tête. Ils étaient comme les deux doigts de la main...

– Ah bon ? Parce que Lucy Trumpington-James a dit à Mrs Raisin qu'elle soupçonnait son mari de la tromper. »

Le visage épais de Mrs Jackson traduisit une surprise choquée et elle fit furieusement claquer son dentier.

« C'est des bêtises ! Je vais vous dire, moi : Lucy avait des crises de jalousie, tellement elle était folle de lui, mais ils se réconciliaient toujours. La preuve ! Elle a rigolé avec lui avant de partir à Londres. "J'ai dit à cette vieille peau qui se prend pour une détective que tu sautais Rosie", qu'elle a fait. Et ils se sont bien marrés tous les deux. »

La colère fit monter le rouge aux joues d'Agatha. Elle entendit Charles demander :

« Et pour les ménages ?

– C'est sept livres de l'heure. »

Agatha s'apprêtait à crier qu'elle n'allait sûrement pas payer le tarif de Londres à une souillon mal embouchée, quand Charles la prit de court en se relevant d'un bond et en lui passant un bras autour des épaules. « Tais-toi », lui glissa-t-il à l'oreille. Il se tourna ensuite vers Mrs Jackson.

« Et si vous commenciez demain ? Disons à dix heures. Rien de tel que le travail pour vous empêcher de ruminer.

– Ah ça, c'est bien vrai, monsieur. »

Charles sourit et entraîna une Agatha furieuse à l'extérieur du cottage. Elle contint sa mauvaise humeur jusqu'à ce qu'on ne puisse plus les entendre de la maison, puis elle éclata : « Tu ne manques pas d'air ! Je ne veux pas de cette vieille bique chez moi.

– Calme-toi. Sois gentille avec elle et tu pourras peut-être lui soutirer la vérité. Si tu es venue jusqu'ici lui proposer de travailler chez toi, c'est parce que tu espères lui tirer les vers du nez. » Il la prit par les deux épaules et la secoua légèrement.

« Réfléchis, ma belle ! Est-ce que Lucy t'a donné l'impression d'être une femme très jalouse ?

– Ah, ça non. Pas du tout. Elle me fait plutôt penser à une de ces filles vénales et sans cervelle qui se marient pour de l'argent et méprisent leur mari.

– Alors, tu ne trouves pas ça intéressant ? Pourquoi l'horrible Mrs Jackson mentirait-elle sur ce point ? Elle ne me fait pas l'effet de la fidèle servante à l'indéfectible loyauté. »

En digérant la remarque, Agatha sentit sa colère s'évanouir.

« Non, répondit-elle lentement. Pourquoi a-t-elle dit une chose pareille ? Bien sûr, elle peut l'avoir fait pour m'humilier, par pure méchanceté.

– Possible. Bon, prenons la voiture et allons boire un verre ailleurs. Le Green Dragon va être plein de reporters. »

Comme ils approchaient de la place, la porte du pub s'ouvrit pour laisser passer plusieurs journalistes traînant l'un des leurs de force. Ils avaient le visage rougeaud et bouffi, et semblaient avoir l'intention de jeter dans la mare leur confrère maigrichon. Rosie apparut à l'entrée et leur cria d'arrêter. Ils retournèrent s'entasser devant le comptoir, sauf le gringalet qui s'éloigna au petit trot, jetant de temps à autre un coup d'œil par-dessus son épaule, comme un animal faible rejeté par le troupeau.

« Je croyais qu'ils seraient tous au manoir, dit Charles.

– Non, répliqua Agatha, qui connaissait bien les

habitudes de la presse. Ils en reviennent sûrement. Et Hand a dû leur dire qu'il ne révélerait rien avant une conférence de presse, à seize heures mettons.

– On aurait pu imaginer qu'ils iraient frapper à toutes les portes du village, histoire de récolter des infos.

– Ça viendra. Mais tant qu'il y a un pub, ils restent groupés. Ils ont l'impression d'être en sécurité du moment qu'ils ne se séparent pas. Comme ça, ils peuvent picoler autant qu'ils veulent sans craindre de se faire rafler un scoop.

– Et celui qui a pris la fuite ?

– Il ne doivent pas le tenir en haute estime. Ça ne se passe pas toujours comme ça. Mais s'il y a parmi eux une grosse brute, il devient le meneur de la meute et ils se serrent les coudes en jurant de partager la moindre info ; alors que chacun est bien décidé à doubler les autres à la première occasion.

– Excusez-moi. »

La voix derrière eux les fit sursauter. Le gringalet était revenu sur ses pas. « Je me présente : Gerry Philpot, de *The Radical Voice*. »

C'était un garçon assez jeune aux cheveux déjà rares, au regard veule, vêtu d'une veste vert pomme, avec une chemise à carreaux, un pantalon de velours côtelé miteux et une cravate rouge. Le quotidien qu'il représentait se prétendait objectif. C'était le genre de journal qui faisait des reportages sur les « factions belligérantes » en Bosnie afin d'éviter de dire ce qui crevait les yeux, à savoir que les Serbes massacraient tout le monde. Le genre de journal qui évite de prendre position et pontifie. Et qui paie son personnel le moins possible. D'où des reporters tels que Gerry Philpot.

« Vous avez entendu parler du meurtre ? demanda-t-il.

– Oui, dit Agatha, devançant la réaction de Charles. Nous avons été les derniers à avoir vu Tolly Trumpington-James vivant.

– Vraiment ? » Les yeux du reporter s'illuminèrent et il sortit son calepin : « Pouvez-vous juste me donner votre nom ?

– Mrs Agatha Raisin.

– Votre âge ?

– Quarante-cinq ans, mentit Agatha, ignorant le gloussement étouffé de Charles.

– Et vous, monsieur ?

– Sir Charles Fraith », se hâta de répondre Agatha. Elle savait que Charles tairait son titre, or elle tenait à impressionner son interlocuteur.

« Âge ?

– Trente-deux ans », lança Charles par provocation. En fait, il avait la quarantaine bien sonnée.

« Et vous vivez ici ? Depuis combien de temps ?

– Seulement quelques jours. Sir Charles est mon invité.

– Qu'est-ce qui vous a amenée à Fryfam ?

– Une envie. Je ne connaissais pas le Norfolk auparavant. Mais je dois dire qu'en ce qui concerne le crime... »

Le reporter l'interrompit avec impatience.

« Alors, dites-moi comment vous a semblé Mr Trumpington-James quand vous l'avez vu ?

– Plutôt contrarié par la disparition de son Stubbs. Il y avait la police partout chez lui. J'avais pris le thé avec lui et sa femme au manoir l'avant-veille.

– Et ils vous ont fait quelle impression ? Celle d'un couple uni ? »

Agatha n'avait aucune envie de communiquer à la presse les soupçons de Lucy, aussi se borna-t-elle à répondre : « Je ne peux pas en juger. Leur femme de ménage, une certaine Mrs Jackson, qui habite derrière le garage, pourra certainement vous en dire davantage. »

Gerry jeta un coup d'œil nostalgique en direction du pub. Son photographe, qui ne l'avait guère soutenu, se trouvait encore à l'intérieur. Pourrait-il lui faire discrètement signe de le rejoindre sans attirer l'attention des autres ? Pour l'heure, il continua sur sa lancée et posa des questions à Agatha sur l'intérieur du manoir, la fortune de Tolly, et ainsi de suite. Puis il déclara : « Je vais aller interroger cette Mrs Jackson. Et vous deux, où habitez-vous quand vous n'êtes pas à Fryfam ? »

Ils lui donnèrent chacun leur adresse respective. Juste au moment où il allait partir, Agatha lâcha :

« Oh, avez-vous entendu parler des fées ? »

Gerry, qui avait fermé son calepin, le rouvrit prestement et la regarda d'un œil avide.

« Des fées ? »

Agatha entendit la voix de Polly lui demandant de ne rien divulguer, mais son désir de briller était plus fort que sa loyauté envers le Club des femmes de Fryfam. Elle parla donc à Gerry des mystérieuses lumières et des menus larcins, terminant par le vol spectaculaire du Stubbs. Quand elle eut fini, Gerry était rouge d'excitation.

« Où habitez-vous, à Fryfam ?

– À Lavender Cottage, dans Pucks Lane, un peu plus bas.

– Je vais venir vous voir avec un photographe, si vous m'y autorisez.

– Nous avions prévu de sortir, intervint Charles.

– Ou alors, faites vite », dit Agatha. Si elle avait sa photo dans le journal, James la verrait peut-être, où qu'il soit.

« Alors comme ça, tu as trente-deux ans ! lança-t-elle, sarcastique, en s'éloignant avec Charles.

– Mais ma douce, tu en as bien quarante-cinq, toi ! »

Sur le chemin du retour, Agatha se sentit vieillir à chaque minute qui passait, comme la fille qui chante que l'Amour est Mort et que Tout est Fini... Elle était mécontente d'elle-même et culpabilisait d'avoir parlé des fées au journaliste.

Gerry se glissa à l'intérieur du pub. Reporters et photographes étaient tous en train de se raconter leurs aventures hautement enjolivées, et son photographe, Jimmy Henshaw, se trouvait au milieu du groupe le plus bruyant. Gerry se demandait comment l'attirer hors de son cercle quand la porte du pub s'ouvrit sur une équipe de télévision. Les reporters de presse écrite, qui affectaient tous un grand mépris pour la télévision tout en mourant d'envie de se voir à l'écran, se précipitèrent pour entourer les nouveaux arrivants. Gerry saisit le bras de Jimmy et chuchota : « J'ai une info de première. Retrouve-moi dehors. »

Il ressortit et se rongea le pouce nerveusement en surveillant la porte du pub.

Juste au moment où il se disait que Jimmy ne viendrait plus, le photographe émergea, portant le lourd sac de son appareil photo.

« T'as intérêt à ce que ce soit bon », ronchonna-t-il. Gerry lui résuma rapidement les grandes lignes de l'histoire des fées.

« Super, dit Jimmy. Allons voir ces deux-là. »

Agatha ne s'était pas attendue à ce qu'ils arrivent si vite et n'avait donc pas eu le temps de s'appliquer l'épaisse couche de fond de teint si indispensable quand on se faisait photographier par la presse, si l'on ne voulait pas paraître dix ans de plus que son âge. Et elle avait toujours ses chaussures plates. Malgré tout, elle les conduisit dans le jardin et leur indiqua l'endroit où elle avait vu les lumières mystérieuses.

« Ne montrez rien du doigt, insista vivement le

photographe. C'est un geste qui fait vraiment très amateur. Restez debout près de cet arbre, Agatha, à côté de Charlie. Non, ne souriez pas. »

Dès qu'ils furent partis, Agatha gémit : « Mais pourquoi suis-je allée parler des fées à ce journaliste ?

— Soif de notoriété ? suggéra Charles. Allez, sortons de ce village et trouvons un endroit où manger. »

Finalement, tandis qu'ils s'offraient un déjeuner tardif dans un pub au bord de la route menant à Norwich, Charles se risqua à une confidence :

« Il y a une chose qui m'intrigue. Tu sembles disposée à croire que Rosie est innocente et que Lucy a inventé de toutes pièces une liaison entre Tolly et elle. Et si c'était vrai ? Si Tolly avait l'intention de filer avec Rosie ? Alors Lucy revient de Londres sans crier gare, égorge Tolly et repart aussi sec.

— La preuve qu'elle n'a pas bougé de Londres ne tardera pas à tomber, j'en suis persuadée, dit Agatha. Dans un roman, d'accord, on découvrirait qu'elle est fan de moto, ou qu'elle a un ami qui possède un hélicoptère. Mais là, tout ce qu'elle voulait depuis le début, c'était le fric de Tolly. Ça, j'en suis sûre. S'il était parti avec Rosie, elle n'aurait eu qu'à demander le divorce et à vivre heureuse le restant de ses jours avec sa confortable pension alimentaire.

– Qui d'autre, pourtant, aurait bénéficié de la mort de Tolly ?

– Peut-être que les chasseurs en ont eu marre de lui.

– Ha ha. Ma foi, ce pourrait être une bonne idée de commencer notre enquête par eux. On va trouver le nom du maître d'équipage et aller le voir.

– Comment va-t-on faire ?

– N'importe qui pourra nous donner son nom. Framp, par exemple. Tu as un portable ?

– Oui. » Agatha sortit son téléphone de son sac. Charles obtint du service des renseignements le numéro du poste de police. Puis il appela Framp et s'enquit du nom du maître d'équipage. Le brigadier dut demander pourquoi il lui posait cette question, car Agatha entendit Charles répondre qu'il allait rester un peu plus longtemps que prévu et qu'il aimerait aller à la chasse. Le voyant ensuite mimer à son intention l'action d'écrire, elle lui donna un stylo et un petit carnet. Charles s'empressa de prendre des notes, remercia Framp et mit fin à la communication.

« Et voilà. Le capitaine Tommy Findlay, The Beeches, à Breakham. Tu sais, c'est le village que nous avons traversé, pas très loin de Fryfam. Finis ton café et allons visiter ce monsieur. »

Tandis qu'ils s'éloignaient du pub dans la voiture de Charles, Agatha sentait la présence du téléphone dans son sac. L'envie la démangeait d'appeler Mrs Bloxby mais, avec Charles à côté, elle ne pourrait pas poser de questions sur James. Une bouffée de nostalgie pour son cottage l'envahit. Heureusement qu'elle avait amené ses chats. Elle aurait dû leur acheter une petite gâterie, du poisson frais par exemple. De plus elle n'était pas tranquille à propos de ce qu'écrirait Gerry, le journaliste.

Avec un peu de chance, *The Radical Voice* ne publierait pas son article. Peut-être Gerry était-il si nul que le journal préférerait prendre ses infos auprès d'une des agences de presse et ignorer les siennes.

« Nous y voilà ! » déclara Charles en tournant dans un chemin bordé de haies très hautes. Il passa devant une ferme, traversa la cour, roula sur une grille destinée à empêcher le bétail de sortir et arriva devant une bâtisse carrée du XVIIIe siècle.

« Nous aurions mieux fait de téléphoner d'abord », dit Agatha.

Elle voulut descendre de la voiture, mais recula aussitôt et claqua la portière quand trois chiens – un Jack Russell, un setter irlandais et un border collie – se précipitèrent vers eux en aboyant. Charles, qui était déjà descendu, lui, les caressait en leur parlant.

« Allez viens, Aggie, ils ne vont pas te manger », cria-t-il.

Elle se hâta de rejoindre Charles tandis que les chiens la reniflaient. Charles sonna. La porte fut ouverte par une petite femme fanée en tablier.

« Mrs Findlay ? Est-ce que le capitaine est là ? »
Elle regarda Charles avec des yeux de myope.

« Si vous faites une quête ou voulez vendre quelque chose, le moment est mal choisi.

– Pourriez-vous lui dire que sir Charles Fraith souhaiterait lui parler de participer à une chasse ?

– Bien sûr, sir Charles. Entrez. Je n'y vois pas très bien sans mes lunettes. »

Charles entra et Mrs Findlay ferma la porte au nez d'Agatha. Celle-ci s'apprêtait à donner un coup de pied dedans quand elle se rouvrit sur le visage hilare de Charles.

« Allez viens, dit-il.

– Quelle gourde !

– Elle ne voit pas clair. »

Il la conduisit dans un vestibule sombre où attendait une Mrs Findlay agitée.

« Mon mari est dans son bureau. »

Le capitaine Findlay était un homme très grand qui, d'après Agatha, devait avoir passé soixante-dix ans mais paraissait en grande forme, avec son visage bronzé, ses yeux bruns encore vifs et ses épais cheveux gris.

Le bureau était aussi sombre que le vestibule, et il y régnait une forte odeur de feu de bois et de chien mouillé. Au mur étaient accrochées des huiles représentant des scènes de chasse. Même aux yeux profanes d'Agatha, ces tableaux assez défraîchis avaient tout l'air de croûtes.

« Asseyez-vous, dit le capitaine. Apporte du thé, Lizzie, et que ça saute. »

Agatha s'attendait presque à voir l'épouse myope faire une révérence avant de quitter la pièce.

« Alors, qu'est-ce qui me vaut l'honneur de votre visite ? demanda le capitaine.

– Nous serions curieux de connaître vos impressions sur Tolly Trumpington-James, attaqua Charles.

– Pourquoi ?

– Eh bien, parce qu'il a été assassiné, tout simplement.

– En quoi cela vous concerne-t-il ?

– Nous connaissions Tolly et Lucy.

– Alors vous en savez sans doute plus que moi sur eux.

– Mais vous chassiez avec Tolly, lança Charles, improvisant. Vous pouvez sûrement bien juger le caractère d'un homme sur un terrain de chasse.

– C'est vrai. »

Le capitaine, debout devant un petit feu agonisant, s'assit brusquement dans un fauteuil fatigué.

« Il montait comme un sac. Il avait un vieux cheval, un vrai bourrin, pourtant il passait son temps à tomber. Il fallait toujours le relever, et on perdait un temps fou ! En tout cas, il était généreux aux dîners organisés pour collecter des fonds, voyez. Mourait d'envie d'être intégré. Pitoyable. Mais chapeau, en un sens. Pas étonnant qu'il ait bien réussi dans les affaires, tenace comme il l'était. Il s'obstinait à participer à la chasse et ne ratait pas une seule rencontre, alors qu'il devait être couvert de bleus. Il avait une femme jolie mais un peu revêche. Elle a assisté à plusieurs dîners de chasse, où elle regardait tout le monde d'un œil noir, buvait et fumait trop. Aucun effort pour être liante.

– Pourquoi en aurait-elle fait ? intervint Agatha avec humeur. C'est Tolly qui voulait s'intégrer.

– Une femme se doit de soutenir son mari, rétorqua vivement le capitaine. Je me souviens du jour où Lizzie m'a dit qu'elle avait obtenu un travail de secrétaire à Norwich. J'y ai vite mis mon veto. »

Agatha soupira et replongea dans le silence, se demandant s'il ne risquait pas d'y avoir bientôt un autre assassinat.

« Croyez-moi, reprit le capitaine. C'est sa femme qui a fait le coup.

– Mais elle était à Londres, glissa Charles avec douceur.

– Elle a probablement sur place des amis prêts à mentir pour elle. Qui d'autre pourrait vouloir tuer Tolly ? » Ses yeux se firent soupçonneux. « Je ne vois vraiment pas en quoi ça vous regarde. »

Charles fixa Agatha avec insistance, pour lui signifier qu'elle devait éviter de se lancer dans une description de leurs talents de détectives, mais la morosité semblait l'avoir gagnée. « Nous voulions juste aider Lucy de notre mieux », dit Charles.

Les beaux yeux du capitaine devinrent nettement plus froids.

« Je ne peux rien vous dire de plus. Vous chassez ?

— Non », dit Charles.

Le froid se changea carrément en glace.

« C'est bien ce que je pensais. Alors, vous avez invoqué la chasse comme prétexte pour vous faire recevoir. » Il se leva : « Je vous reconduis. »

En sortant du bureau, ils faillirent bousculer Mrs Findlay, qui arrivait en chancelant, chargée d'un plateau bien rempli.

« Pourquoi apportes-tu du thé, ma pauvre femme ? aboya le capitaine.

— Mais tu me l'as demandé, mon ami.

— Ils n'ont pas le temps. Ils s'en vont. »

« Si j'étais mariée à un type comme lui, je me tirerais une balle, conclut Agatha quand ils furent dans la voiture.

— Tu l'as échappé belle.

— De quoi parles-tu ?

— De James Lacey.

— Quoi ? Jamais James ne se comporterait comme ça !

— C'est ce que tu crois. Mais moi je crois que si, avec le temps, et l'âge.

— Restons-en à l'affaire, grinça Agatha. On n'a rien appris qu'on ne savait déjà.

— Chasser à courre coûte cher, et Tolly tenait à se faire bien voir. Tous les indices convergent vers Lucy. Peut-être voyait-elle que l'argent filait et qu'elle finirait par ne plus avoir grand-chose, même si elle divorçait. Elle a pu commencer par faire disparaître le Stubbs. Elle n'appréciait probablement pas que Tolly l'ait payé si cher. Alors, elle l'a volé par vengeance, puis a assassiné Tolly dans un accès de rage.

– Elle a un alibi. Et puis égorger quelqu'un n'est pas un crime de femme.

– En tout état de cause, il faut avoir le cœur bien accroché pour se glisser derrière quelqu'un sur un palier et lui trancher la gorge.

– On ne connaît pas les détails. Tolly pouvait fort bien être en train de dormir dans son lit quand on l'a égorgé. Et avoir titubé tant bien que mal jusqu'au palier ensuite.

– Oui mais, dans ce cas, Mrs Jackson aurait dit qu'il y avait du sang partout, non ?

– Hum ! Ce n'est pas une grande bavarde, cette chère Mrs Jackson.

– Tiens, on a des visites, dit Charles comme ils s'approchaient de Lavender Cottage.

– Mais ce sont les filles ! s'exclama Agatha lorsque Polly, Carrie et Harriet se retournèrent à l'approche de la voiture.

– Voyons s'il y a du nouveau », fit Charles.

Les trois femmes les accueillirent en s'écriant : « Mon Dieu, c'est épouvantable cette histoire ! Est-ce que la police est revenue vous voir ? Lucy est rentrée de Londres, les inspecteurs sont en train de l'interroger. »

Agatha ouvrit la porte et les guida vers la cuisine.

« Je crois qu'on aurait tous besoin d'un verre. Charles, tu peux t'occuper de ces dames ? »

Charles prit les commandes et partit au salon chercher les boissons. Trois paires d'yeux curieux suivirent son dos élégant.

« C'est vraiment agréable d'avoir un homme auprès de soi dans un moment pareil, dit Carrie. Vous êtes fiancés ?

– Bien sûr que non, intervint Polly avant qu'Agatha ait pu répondre.

– Pourquoi dites-vous ça ? demanda celle-ci.

– À cause de la différence d'âge, lâcha Polly sans ambages.

– Ma vie privée ne regarde que moi, grogna Agatha avant de se tourner vers Harriet. Quoi de neuf à propos du meurtre ?

– Paul Redfern, le garde-chasse, dit que Tolly lui faisait souvent des confidences, et qu'il n'y a pas plus d'une semaine, il avait déclaré qu'il en avait assez d'entendre sa femme se plaindre de la campagne, que si elle aimait Londres tant que ça, elle n'avait qu'à y retourner, mais qu'il ne l'entretiendrait pas et qu'elle n'aurait qu'à se trouver un travail.

– Mais elle a un alibi, objecta Agatha, se demandant combien de fois elle aurait à le répéter. C'est un fait, non ?

– Bien sûr. » Harriet remercia Charles qui lui tendait un verre de gin tonic et reprit : « L'un des policiers a dit à Paul, qui l'a dit à Sarah, la gérante de la boutique de fleurs séchées, qui me l'a rapporté, que Lucy affirme être descendue chez une amie, Melissa Carson, à South Kensington, près du métro, à une adresse chic dont je ne me souviens pas exactement. Elles sont allées dîner dans un restaurant de Brompton Road, puis se sont couchées de bonne heure. Alors elle n'a pas pu revenir dans le Norfolk ce soir-là. Dommage, parce qu'elle ferait une coupable idéale. Cet horrible bonhomme, Hand, a fouiné partout et culpabilisé tout le monde au village.

– Je me demande si l'un ou l'autre avait une liaison, dit Agatha, pensive.

– Pensez-vous ! dit Polly. Tout se sait dans le village.

– Mais pas nécessairement avec quelqu'un du village, poursuivit Agatha. Par exemple, Tolly aurait pu fricoter avec une femme de chasseur.

– Oui, mais dans ce cas-là, ça voudrait dire que c'est Lucy l'assassin, protesta Carrie.

– Pas forcément. Le coupable pourrait être le chasseur cocu, intervint Charles.

– Vivement que cette histoire soit élucidée, soupira Harriet. D'abord les lumières qui dansent. Et maintenant ça. Encore heureux que le village se soit serré les coudes.

– À quel sujet ? s'enquit Agatha.

– À propos des lumières, évidemment. On n'a

pas envie que tout le monde nous prenne pour des bouseux superstitieux qui croient aux fées. »

Charles jeta un regard sarcastique à Agatha, qui se hâta de dire :

« Oh, quelqu'un aura fatalement lâché le morceau. La preuve, tout ce que le garde-chasse a raconté. Au fait, où habite-t-il ?

— Il a une maison sur le domaine de Tolly. Il se demande ce qui va lui arriver maintenant. »

On sonna à la porte. Charles se leva pour répondre.

Quand il revint, il annonça à Agatha : « C'est Hand et son acolyte. Je les ai fait entrer dans le salon. »

Agatha réprima un gémissement de contrariété. Les trois femmes se levèrent aussitôt.

« Il vaut mieux qu'on parte. On a assez vu les flics », dit Polly.

Agatha se dirigea à contrecœur vers le salon. C'est avec consternation qu'elle vit son manuscrit entre les mains de Hand.

« J'aurais quelques questions supplémentaires à vous poser, Mrs Raisin. Ne trouvez-vous pas que c'est une coïncidence remarquable que dans votre livre le propriétaire du manoir se fasse égorger et que Mr Trumpington-James se fasse assassiner de cette façon-là aussi ?

— Remarquable, en effet, dit Agatha.

— Où étiez-vous le soir du meurtre ?

– Au pub avec Charles. Ensuite, nous sommes revenus ici.

– Je suppose que chacun se portera garant de l'autre...

– Oui. Mais écoutez-moi : ni lui ni moi ne connaissions les Trumpington-James avant d'arriver ici. Quel mobile pourrions-nous avoir ?

– Eh bien vous, par exemple. D'après nos informations, vous avez été mêlée à de nombreuses affaires criminelles, et êtes prête à tout pour vous faire de la pub. Vous avez dirigé une agence de communication avant de prendre une retraite anticipée.

– Et alors ? »

Où était Charles et pourquoi ne venait-il pas dans le salon la soutenir ?

« Et alors, ceci, dit Hand en soulevant le manuscrit. C'est très mal écrit, mais un éditeur pourrait en offrir une jolie somme à cause du rapport avec le meurtre.

– Vous êtes cinglé ou quoi ? s'exclama Agatha, furieuse. Vous insinuez que je suis venue jusque dans le Norfolk descendre quelqu'un pour faire vendre un livre ?

– Nous examinons tous les cas de figure.

– Alors examinez celui-ci : je ne sais pas comment fonctionne l'alarme de Tolly, et la personne qui l'a tué devait le savoir, ce qui réduit la liste à Mrs Jackson et à Lucy. »

Hand posa sur elle un regard affligé.

« Si seulement tout était aussi simple. Mrs Jackson n'était pas la seule à connaître le code. Le garde-chasse, le jardinier et la plupart des membres de la chasse le savaient.

– Comment ça ?

– Après avoir fait installer l'alarme, Mr Trumpington-James passait son temps à oublier le code. Quand il se saoulait à un dîner de chasse, il demandait à tous ceux qui voulaient bien l'écouter de noter le code par écrit pour pouvoir le lui rappeler.

– Pourquoi avoir fait installer une alarme, dans ce cas ?

– Ah, mais il a dit à sa femme que tous les gens du coin étaient honnêtes, bien évidemment. Il entendait se protéger des cambrioleurs venus de la ville, pas des locaux.

– Je ne peux rien vous dire de plus, déclara Agatha. Et je le répète, la ressemblance entre le meurtre dans mon roman et celui de Tolly est une pure coïncidence. Comment aurais-je pu m'imaginer qu'à notre époque on se servirait d'un rasoir sabre pour tuer quelqu'un ? » Elle guetta la réaction de Hand : « C'était le sien, non ?

– Je ne vois pas d'objection à vous répondre. Non, ce n'était pas le sien.

– Ah ! Alors il ne devrait pas être difficile de retrouver le propriétaire. J'ai lu un roman policier de Dorothy Sayers où...

– Pitié ! coupa brutalement Hand. On peut

encore en acheter dans les brocantes et chez certains antiquaires.

– Oui, eh bien je persiste à trouver cette idée complètement farfelue. Pourquoi ne pas se contenter de l'empoisonner ou de l'assommer ?

– Le sabre est rapide. Et silencieux. »

Mais où était donc Charles ?

« Vous ne voulez pas poser d'autres questions à sir Charles ? demanda Agatha.

– Pas pour le moment, fit Hand en se levant.

– Puis-je récupérer mon manuscrit ?

– Nous le gardons pour l'instant. Je suppose que vous en avez une copie sur votre ordinateur...

– Oui, mais...

– Alors vous n'avez pas besoin de celui-ci. Nous vous contacterons. »

Charles rôdait dans l'entrée au moment où Agatha raccompagnait les inspecteurs.

Elle s'apprêtait à lui reprocher amèrement de l'avoir laissée affronter seule la police, quand le téléphone sonna. C'était Mrs Bloxby.

« J'ai appris l'assassinat à la télévision, dit la femme du pasteur. Vous n'êtes pas trop secouée ?

– Non, non, ça va. Charles est ici, bien qu'il ne soit pas d'un grand secours », lâcha fielleusement Agatha.

Charles sourit et passa dans la cuisine.

« Alors, vous allez rester encore un peu ?

– Bien obligée. Pour voir si je peux résoudre ce meurtre.

– Pourquoi ? Vous n'avez aucune attache là-bas.
– Il faut que je vous dise : je me suis essayée à l'écriture d'un roman policier. J'ai commencé avant le meurtre.
– Mais je ne vois pas...
– Écoutez-moi donc ! J'ai intitulé ce fichu roman *Panique au manoir*. Et le propriétaire se fait égorger avec un rasoir. Or figurez-vous que le propriétaire du manoir d'ici s'est fait ouvrir la gorge avec un rasoir à main. Pire encore, j'ai pris pour modèles de mes personnages Tolly Trumpington-James et sa femme, alors vous comprenez... C'est vous que j'entends rire ? » fit-elle, comme un gargouillis étouffé lui parvenait à l'oreille.

Un nouveau gargouillis, suivi de gloussements.

« Il faut que j'y aille, glapit Agatha.
– Non, attendez, intervint Mrs Bloxby, reprenant son sérieux. J'ai une nouvelle pour vous.
– Laquelle ? demanda Agatha, vexée.
– Je passais devant le cottage de James l'autre jour quand j'ai vu la fille à qui il l'avait prêté mettre ses affaires dans une voiture. Elle m'a dit qu'elle avait reçu une carte postale de James, et qu'il devait rentrer la semaine prochaine. »

Agatha eut l'impression qu'on lui avait envoyé un coup de poing dans le ventre. Elle articula lentement :

« Je crois que je vais rester encore un peu. Vous comprenez, la police n'a pas fini de me poser des questions.

— Bien entendu, gloussa Mrs Bloxby.

— Il faut que je vous laisse, au revoir. » Agatha raccrocha brutalement et partit à grands pas dans la cuisine rejoindre Charles. « Tu ne le croiras jamais ! éclata-t-elle. Quand j'ai raconté à Mrs Bloxby dans quel pétrin je m'étais mise à cause de ce roman policier que j'écris, elle a ri !

— Réfléchis, Aggie. C'est de l'Agatha Raisin tout craché.

— Je ne vois pas… Ah, c'est vrai que d'un certain côté, c'est comique. » Et ils partirent tous deux dans un long fou rire. Enfin, Agatha se calma et s'essuya les yeux : « On est vraiment tordus, ma parole. Pauvre Tolly ! Ce n'est pas bien de rire. Qu'est-ce qu'on doit faire maintenant ?

— On devrait se reposer pendant le reste de la journée, et aller cuisiner Mrs Jackson demain matin. »

Le pasteur de Carsely entra juste au moment où sa femme reposait le combiné.

« Qu'est-ce qu'il y a de si drôle ? demanda-t-il.

— C'était Agatha Raisin. » Et elle lui raconta la ressemblace fortuite entre le roman d'Agatha et le meurtre.

« Je n'aurais pas dû rire, regretta-t-elle, contrite. Parce que ce n'est pas drôle du tout. Ce pauvre homme ! Pourquoi ai-je ri, Alf ?

— Nous sommes comme la police et la presse, soupira-t-il. Nous avons à gérer tant d'histoires pénibles que parfois un rire déplacé est notre façon de nous protéger. Tu ne devais pas aller voir Mrs Marble ?

– Si, tout de suite. »

Alf avait raison, se dit Mrs Bloxby en traversant le village. Prenez Mrs Marble, par exemple. La pauvre femme avait un cancer en phase terminale. Mais elle était pleurnicharde, acerbe et exigeante. Elle venait de rédiger un nouveau testament qui déshéritait sa fille et ses petits-enfants, et laissait tout son argent à un foyer pour chats. Mrs Bloxby avait essayé en vain de la convaincre de faire un choix plus raisonnable. Elle plaisantait de temps en temps avec son mari à propos de la terrible Mrs Marble, trouvant ainsi la force de continuer à aller la voir et à faire ce qu'elle pouvait pour l'aider. L'humour était une arme indispensable contre les chagrins et les tribulations de l'existence.

5

Agatha passa la nuit à se tourner et se retourner dans son lit en se demandant ce qu'elle devait faire. Une partie d'elle n'avait qu'une envie : retourner à Carsely, s'occuper de sa maison, aller chez l'esthéticienne, le coiffeur et courir les magasins de vêtements afin de se préparer pour l'arrivée de James. La partie raisonnable de son cerveau, en revanche, lui disait que ce serait une perte de temps. James et elle ne se réconcilieraient jamais.

À l'approche de l'aube, elle sombra dans un profond sommeil et ne se réveilla qu'à dix heures du matin. Elle sortit du lit, sidérée que la police n'ait pas tambouriné à sa porte. Après avoir enfilé une robe de chambre, elle descendit à la cuisine.

Charles était assis à la table, des journaux étalés devant lui.

« Des nouvelles intéressantes ? demanda Agatha.
– Et comment ! À la une de *The Radical Voice* : "Les fées de Fryfam."
– Je vais me faire lyncher par les gens du village.

Ça m'étonne que les autres journaux ne soient pas venus frapper à la porte.

– Si, ils sont venus. Seulement tu dormais. Je m'attendais à ce qu'ils fassent le siège, alors au lever du jour, j'ai emmené nos deux voitures à l'extérieur du village, je les ai garées dans un petit chemin et je n'ai pas répondu aux coups de sonnette. Ils ont cru qu'on avait filé à l'anglaise.

– Il faut que je lise ?

– La prose de ce cher Gerry ? Non, évite.

– Passe-moi le journal. » Agatha s'assit en face de Charles et saisit *The Radical Voice*. Elle découvrit une vision d'horreur : une photo en couleurs de Charles et elle. Charles avait l'air pimpant et amusé. Mais elle ! La photo accentuait cruellement chacune de ses rides. « Ce ne seraient pas des cheveux blancs ? demanda-t-elle en scrutant la photo avec attention.

– Tu as quelques racines, si ! » dit Charles.

La consternation d'Agatha grandissait à mesure qu'elle lisait. Tous les habitants du village verraient sans aucun doute qu'Agatha Raisin avait parlé des fées avec force détails. Elle avait maintenant une excuse en béton pour rentrer à Carsely.

« Je vais être la brebis galeuse ici, gémit-elle. J'avais décidé de rentrer, de toute façon. Je ferais bien de partir sans plus attendre. Aujourd'hui.

– James est rentré ? »

Sous le regard inquisiteur de Charles, le rouge de la colère monta aux joues d'Agatha.

« Mais il rentre bientôt, non ? Hier, après ce coup de téléphone à Mrs Bloxby, tu étais toute joyeuse et l'instant d'après, agitée et déprimée. On a déjà eu cette conversation. Un de mes amis qui avait le même problème que toi a consulté un excellent thérapeute à Harley Street.

– Je n'ai pas de problème.

– Oh que si ! Tu as beau être adulte, tu es totalement accro à un homme froid. Avant de rentrer à Carsely – et pour ça, tu serais bien inspirée d'attendre que nous ayons un peu avancé dans notre enquête sur ce meurtre –, tu devrais aller voir un psychothérapeute. Si tu étais détachée de James, comme tu te sentirais libre, Agatha ! Imagine un peu. Tu te vois face à lui et complètement sereine ? Ça fait combien de temps que tu n'as pas passé un bon moment avec James ? Non, ne me crie pas dessus. Réfléchis !

– Je n'aime pas qu'on me force la main, riposta Agatha.

– Tu n'aimes pas non plus les conseils pleins de bon sens. Promets-moi au moins de faire un essai avec ce psy.

– Comme tu voudras, pourvu que tu te taises. Elle n'est pas là, Mrs Jackson ?

– Je suis passé chez elle pour lui dire de ne venir que demain.

– On ne va pas rester terrés ici toute la journée.

– Non. On va sortir par-derrière pour aller

jusqu'aux voitures, on prendra la tienne et tu iras te faire coiffer à Norwich.

— Ma foi, pourquoi pas ? marmonna Agatha. Il faudrait que je prenne mon petit déjeuner.

— Ce que je traduis par deux tasses de café noir et trois cigarettes. La cafetière est pleine et tes cigarettes sont sur la table.

— Je me demande ce que Hand va bien pouvoir penser au sujet de ces fées. Il va nous reprocher d'avoir fait de la rétention d'informations.

— Il devait être au courant. Tolly a bien dû lui parler de ces lumières quand il a enquêté sur le vol du Stubbs. »

C'était une de ces journées calmes et brumeuses où le paysage tout en grisaille semble sorti d'un rêve. En mettant le nez dehors, ils regardèrent des deux côtés pour s'assurer qu'aucun reporter ne rôdait dans les buissons. Charles avait conseillé à Agatha de prendre ses chaussures à talons avec elle, mais de mettre des bottes en caoutchouc pour le trajet, car celui qu'il avait prévu les faisait passer par-dessus un échalier à l'extrémité de Pucks Lane et ensuite à travers un champ de chaumes. Ils enjambèrent un autre échalier et arrivèrent dans le chemin au bout duquel il avait garé leurs voitures. Agatha troqua ses bottes boueuses contre ses escarpins, puis démarra lentement dans la brume et déboucha sur la grand-route.

« On ne pourra pas se cacher indéfiniment, dit-elle.

– D'ici ce soir, nous ne serons plus les seuls à avoir parlé des fées. Je parie que si nous regardons le journal télévisé en rentrant, nous verrons certains des villageois face à la caméra, en train de pérorer allègrement sur les fées, les lutins et autres farfadets. Je suis toujours sidéré de voir comment des gens qui refusent de parler à un reporter de la presse écrite accueillent à bras ouverts les équipes de télévision chez eux.

– On va commencer par déjeuner à Norwich, et puis tu tâcheras de t'occuper pendant que je cherche un coiffeur. »

Charles devait retrouver Agatha à cinq heures à côté de la voiture, dans un parking. La brume s'était levée et un soleil de fin d'après-midi brillait. Il la vit s'avancer vers lui et sourit. Son épaisse chevelure était de nouveau d'un brun luisant, et son visage avait été habilement maquillé. Elle portait un ensemble en tweed souple couleur bruyère. Ses très jolies jambes étaient mises en valeur par des collants fins et une paire d'escarpins neufs. Agatha ne serait jamais une beauté, se dit Charles, mais elle dégageait un puissant magnétisme sexuel dont elle n'était absolument pas consciente.

« Beau travail ! dit-il. Voyons si on peut rentrer à temps pour les infos de six heures.

– Je vais devoir crapahuter une deuxième fois dans ce champ boueux ?

– Non, l'heure limite d'envoi des articles est

passée, et les journalistes seront tous au pub. Tu me déposes à ma voiture et nous rentrerons tous les deux chez toi. »

Agatha mourait d'envie de téléphoner à Mrs Bloxby pour lui demander des précisions sur le retour de James. Mais le cottage était petit et Charles entendrait tout. Alors il recommencerait à la tanner pour qu'elle aille voir un psy.

Ce soir-là, Agatha se prélassa dans un bain, se passa de la crème sur le visage et retourna dans sa chambre. Charles était étendu sur son lit, les mains croisées derrière la tête.

« Qu'est-ce que tu fais là ? demanda-t-elle.
– Je me disais qu'on pourrait...
– Non, pas question !
– Même pas un petit câlin ?
– Non. »

Il soupira, fit basculer ses jambes pour quitter le lit et se dirigea vers la porte.

« Tu te réserves pour James ? lança-t-il, sarcastique.
– Sors de cette chambre ! » glapit Agatha, qui claqua la porte derrière lui.

Elle avait déjà couché avec Charles, mais s'était aperçue que le lendemain il était allé courir après une autre. Elle s'allongea et contempla le plafond. Pour distraire son esprit du retour imminent de James, elle se mit à réfléchir à ce qu'elle savait du meurtre de Tolly. Plus elle y pensait, et plus l'affaire lui semblait louche. Elle commença à se dire que le vol du Stubbs n'avait peut-être rien à voir avec l'assassinat. Il n'y avait d'autre suspect que Lucy. Agatha était sûre que celle-ci avait dit la vérité quand elle lui avait dit soupçonner Tolly de la tromper. Sur quoi ses doutes se fondaient-ils ? Sur le parfum de Rosie et le fait que Tolly avait lavé les draps. Mais Rosie Wilden avait dit la vérité elle aussi, elle l'aurait juré. Et le parfum à la rose pouvait avoir été utilisé par n'importe qui. La meilleure solution serait sans doute d'attendre que les choses se soient un peu tassées pour interroger Lucy.

Charles avait vu juste : aux informations du soir, on avait entendu de nombreux habitants du village – dont Harriet – prendre la parole pour évoquer les fées.

Le lendemain, Agatha en était à se demander si l'effervescence se calmerait un jour. Et de fait, pendant la semaine qui suivit, le village se trouva plus ou moins en état de siège.

« C'est votre faute ! » cria Polly à Agatha lorsqu'elle la croisa sur la place. À cause des fées, non seulement les touristes mais des hurluberlus de tout poil affluaient au village. Arrivèrent ensuite les *travellers*, fléaux des campagnes, avec leurs chiens agressifs et leurs enfants crasseux, leurs camionnettes et fourgons déglingués qu'ils installèrent sur la place. Ils furent finalement évacués par la police et partirent dans un nuage noir de gaz d'échappement. Après leur départ, la place ressemblait à une décharge ; et il ne restait plus un seul canard dans la mare, car ils les avaient tous mangés.

Aussi, quand Agatha découvrit un matin Harriet et Polly sur le pas de sa porte, elle fut plutôt surprise.

« Je peux vous aider ? demanda-t-elle, un peu mal à l'aise.

– Oui. Nous nous y mettons tous pour nettoyer la place. » Et elle tendit à Agatha un rouleau de sacs-poubelle.

Heureuse de ne plus être ostracisée, Agatha accepta de les suivre. Elle appela Charles pour qu'il vienne les aider, mais il devait soudain être devenu sourd, car il ne répondit pas. Elle partit donc avec Harriet et Polly.

« Je suis désolée à propos de cette histoire de fées, dit Agatha. Ça m'a tout simplement échappé.

– Oh, on ne peut plus vous jeter la pierre. Tout le monde au village a déblatéré sur les fées devant les caméras de télévision, dit Polly non sans amertume car personne ne lui avait rien demandé. Et Mrs Jackson ? Elle est venue faire le ménage chez vous ?

– Pas encore. Elle devait venir, mais elle a fait dire plusieurs fois qu'elle ne se sentait pas bien. Et Lucy ? Est-ce que quelqu'un l'a vue ? »

Les deux autres secouèrent la tête.

« Il paraît qu'elle est au manoir et qu'elle a reçu

la visite de ses avocats, annonça Polly. Et la police y est toujours.

— Oh, Seigneur ! s'exclama Agatha en découvrant l'ampleur des dégâts sur la place.

— Et ce n'est pas tout, renchérit Harriet avec une sombre délectation. Ces fichus *travellers* ont fait leurs besoins dans la mare, alors on a appelé quelqu'un du ministère de l'Environnement qui doit venir nous conseiller sur la meilleure méthode pour purifier l'eau. »

Plusieurs autres villageois étaient venus bénévolement travailler à leurs côtés.

« Tout ça, c'est la faute à Lucy Trumpington-James, déclara une grosse paysanne en s'adressant à Agatha.

— Comment ça ?

— Si elle l'avait pas zigouillé, ces pouilleux de malheur seraient pas venus ici.

— Mais elle était à Londres !

— C'est ce qu'on raconte, mais faut pas le croire.

— Est-ce que Tolly Trumpington-James avait une liaison ? insista Agatha.

— Ben, elle l'aurait pas volé, l'autre ! déclara la femme, mettant ses poings rougeauds sur ses larges hanches. Ça devait pas être marrant tous les jours d'être son mari.

— Avec qui la trompait-il ? demanda avidement Agatha.

— Me faites pas dire ce que j'ai pas dit », protesta la femme, qui se hâta de s'éloigner vers un autre coin de la place.

Voilà une piste à suivre, se dit Agatha. Elle héla Polly et Harriet, que Carrie avait rejointes.

« Si vous avez envie de faire une pause, on pourrait retourner chez moi prendre un café.

— D'accord, dit Harriet. On vous fera signe. »

Agatha commençait à se demander si elle parviendrait jamais à se relever, lorsque Harriet lui cria : « Je le prendrais bien maintenant, ce café. »

Agatha poussa une plainte en se dépliant. Elle avait mal au dos et les doigts gourds à cause du froid glacial.

Dès qu'elles furent toutes assises autour de la table de la cuisine – toujours sans le moindre signe de Charles –, Agatha lança : « Une des femmes sur la place m'a dit que Tolly avait une liaison.

— Avec qui ? demanda Harriet. Et d'abord, qui vous a dit ça ?

— Une grosse femme baraquée avec des joues rouges et des cheveux gris frisés.

— Oh, ça doit être Daisy Brean. Je me demande pourquoi elle raconte des choses pareilles. Je n'ai jamais rien entendu à ce sujet. Qui aurait voulu de Tolly, pour commencer ?

— On pourrait se renseigner, suggéra Agatha. Si elle sait quelque chose, elle n'est forcément pas la seule. Ça veut dire qu'il doit y avoir un mari jaloux qui voulait se débarrasser de Tolly.

— Tiens, j'ai vu Charles l'autre jour, dit Carrie.

Il m'a emmenée prendre un verre. Il a dit que vous songiez à rentrer chez vous, mais que, lui, il resterait peut-être encore un moment. »

Agatha se rendit compte alors qu'elle avait réussi à chasser James de son esprit pendant près d'une semaine. Charles et elle avaient fait d'interminables parties de scrabble, des emplettes à Norwich, étaient allés au cinéma, et avaient évité autant que possible le contact des villageois. Charles avait décrété que mieux valait rester à l'écart tant que l'agitation n'était pas retombée et que la presse n'était pas repartie en quête d'histoires plus juteuses. Alors, quand avait-il trouvé le temps de voir Carrie ? Puis elle se souvint : le jour où elle avait annoncé qu'elle voulait se laver les cheveux et se faire un brushing, il avait dit qu'il allait se promener. Carrie était mince et attirante. Quel salaud, ce Charles ! Heureusement qu'elle n'avait pas couché avec lui. Eh bien soit, si Fryfam pouvait l'empêcher de penser à James, cela valait la peine de prolonger son séjour. La suggestion de Charles concernant le psy lui restait toujours en travers de la gorge.

« Je ne pars pas tout de suite, répondit Agatha. À propos, j'aime beaucoup ce parfum à la rose que met Rosie Wilden. On le trouve dans le commerce ?

— Non, c'est une fabrication maison.

— Elle en vend ?

— Elle vous en donnera sûrement si vous le lui demandez. Elle dit qu'elle utilise une recette très ancienne, déclara Carrie. Bon, je vais devoir vous laisser. »

Les autres se levèrent aussi. Comme Agatha les raccompagnait, Charles arriva.

« Quoi de neuf ? lui demanda-t-elle.

– Mangeons un morceau, et ensuite nous irons au manoir présenter nos condoléances à Lucy.

– J'en ai marre de devoir penser aux repas, grommela Agatha.

– Ce n'est pas comme si tu te tuais à la tâche. Tu te contentes d'enfourner des surgelés dans le micro-ondes. Je vais regarder ce qui nous reste et nous préparer quelque chose. Voyons. Des œufs, du bacon, des saucisses. Parfait pour une petite poêlée.

– D'autant que je n'ai pas besoin de faire un régime. J'ai dû perdre au moins un kilo en ramassant tous ces déchets.

– Assieds-toi là pendant que je fais frire tout ça.

– Ça t'arrive souvent de jouer le parfait homme d'intérieur ?

– Seulement quand je suis avec toi. Je n'ai pas le choix. »

Après avoir déjeuné, ils prirent le chemin du manoir. Agatha refusa de marcher, sous prétexte qu'elle avait respiré assez d'air froid pour la journée. Il avait fortement gelé pendant la nuit et il restait encore des plaques de verglas sur le sol.

« Si quelqu'un me parle du réchauffement de la

planète, je hurle, grogna Agatha. Et en plus on a eu un été pourri.

– Le reste du monde crevait de chaud, railla Charles. Nous y voilà. Les grilles sont ouvertes. Pas de policier de garde. »

Ils remontèrent l'allée. Tout semblait très calme.

Charles sonna et ils attendirent pendant un temps qui leur sembla très long. Soudain, ils entendirent la voix de Lucy de l'autre côté de la porte.

« Qui est là ?

– Charles Fraith et Agatha Raisin.

– Je craignais que ce ne soit la presse, dit Lucy en ouvrant la porte. Entrez. »

Ils la suivirent dans le salon. Elle était vêtue d'un tailleur-pantalon en soie, et très maquillée, comme si elle s'était préparée pour une émission de télévision.

« Nous avons été navrés d'apprendre la mort de Tolly, dit Agatha.

– Ah bon ? répliqua Lucy en haussant les sourcils. Vous le connaissiez à peine. »

Il y eut un silence gêné, qu'Agatha finit par rompre.

« Avez-vous une idée de la personne qui aurait pu vouloir tuer votre mari ?

– Non, répondit Lucy, qui parut soudain très lasse.

– Vous vouliez pourtant que je découvre si Tolly avait une liaison avec Rosie Wilden, vous vous souvenez ? Vous m'avez parlé de cette histoire de parfum, du fait que Tolly avait lavé les draps.

– Ah, ça... »

Il y eut un autre silence.

« Alors ? glissa Charles pour relancer la conversation.

– Alors quoi ? Ah, cette affaire-là ? Quelle importance aujourd'hui ?

– Mais oui, enfin, insista Agatha. Si Tolly avait une liaison, alors le meurtre peut avoir été commis par un mari jaloux.

– Rosie n'a pas de mari.

– Ce n'est pas forcément elle la maîtresse. Elle peut très bien avoir donné son parfum à quelqu'un.

– Pour tout vous dire, reprit Lucy, j'ai été tellement bouleversée par ce qui s'est passé que je n'ai pas réussi à réfléchir clairement. Votre idée est intéressante.

– Vous n'avez pas fait part de vos soupçons à la police ? demanda Charles.

– Ah, parlons-en, de ceux-là ! Ce type, Hand, m'a cuisinée comme si c'était moi la coupable. Il a fallu que je m'accroche pour ne pas démordre de mon alibi. »

Agatha aurait voulu lui demander pourquoi Mrs Jackson était allée raconter que les Trumpington-James avaient trouvé ses soupçons à elle, Agatha, ridicules, et en avaient fait des gorges chaudes, mais elle avait peur que Lucy ne se bloque. Et on pouvait toujours espérer tirer quelque chose de

Mrs Jackson, si elle venait un jour faire le ménage chez elle comme convenu.

« Est-ce que Tolly a semblé s'intéresser à une femme en particulier ?

— En dehors de Rosie, non. Il flattait les femmes des membres de la chasse, enfin quand il espérait entrer dans les bonnes grâces du mari.

— Vous pensez à qui ?

— Oh, à cette vieille chouette de Mrs Findlay, par exemple.

— Vous voulez dire la femme du capitaine Findlay ?

— Oui, elle. Je l'appelle la femme battue. Elle tremble chaque fois que son mari la regarde. Il doit être violent avec elle.

— Et la police a une idée de l'endroit où peut se trouver le Stubbs ?

— Aucune. Il refera sans doute surface un jour chez de riches Sud-Américains.

— Je suppose que vous héritez de tout, avança Charles.

— Oui.

— Vous avez un bon notaire ?

— Un cabinet sérieux et à l'ancienne. Tomley & Barks, à Norwich.

— Tomley ? dit Charles. Il y avait un Tristan Tomley dans ma classe à Eton, et il était du coin.

— Il est possible que ce soit lui, répondit Lucy avec indifférence.

— Qu'est-ce que vous allez faire maintenant ? » s'enquit Agatha.

Lucy parut enfin s'animer.

« Vendre cette maison et retourner m'installer à Londres. Dieu merci, cet endroit et les terres alentour ont de la valeur. Tolly ne m'a pas laissé grand-chose d'autre. Cette maudite chasse devait lui coûter les yeux de la tête. Je ne veux plus jamais voir un cheval ou un chien de ma vie.

– Nous ferons le maximum pour vous aider, promit Agatha.

– Je ne vois pas en quoi vous pourriez m'être utiles, mais merci quand même, dit Lucy avec un petit haussement d'épaules. Je suis désolée de ne rien vous avoir offert, mais je suis un peu débordée en ce moment, alors... »

Agatha et Charles se levèrent. Lucy, elle, resta assise.

« Cela vous ennuie si je ne vous raccompagne pas ? »

Ils prirent congé et regagnèrent la voiture.

« Où allons-nous maintenant ? demanda Agatha.

– Chez les notaires de Norwich.

– Ils ne nous diront rien.

– Peut-être que si. Enfin, si le Tomley du cabinet est bien celui avec qui j'ai fait mes études. »

La ville de Norwich était enveloppée d'une brume qui s'épaississait lentement.

« Pourvu que ça ne devienne pas de la purée de pois, dit Charles, sinon nous serons obligés de passer la nuit ici. Tu as remarqué que les fées ont disparu ? Plus de larcins.

– C'est vrai. Tu crois que quelqu'un volait de menus objets et faisait clignoter des lumières pour effrayer les gens et détourner leur attention pendant qu'il préparait son coup, à savoir voler le Stubbs ?

– Possible. Mais ces chapardages ressemblent plutôt à des mauvais tours d'enfants. On n'a encore jamais vu ceux de Mrs Jackson, en dehors du jardinier.

– Mystère, dit Agatha tandis que Charles entrait dans le parking. Comment une femme comme elle a-t-elle bien pu réussir à se marier deux fois ?

– Des goûts et des couleurs... fit Charles en lui lançant un regard sarcastique. Pas vrai, Aggie ?

– Cesse de m'appeler Aggie et mettons-nous tout de suite en quête de ce notaire. »

Le cabinet notarial était installé au fond d'une cour, dans une belle maison du XVIe siècle en silex, située derrière Lower Goat Lane.

« Espérons que c'est le Tomley que je connais, et qu'il est ici et pas au tribunal », dit Charles.

Il donna sa carte à une réceptionniste à l'air maternel. Le sourire aux lèvres, elle les pria d'attendre et dit qu'elle allait voir si Mr Tomley était disponible. Ils s'assirent dans de confortables fauteuils en cuir devant une table basse couverte de revues de luxe. Quand elle revint, toujours aussi souriante, elle annonça : « Mr Tomley est au téléphone. Si vous voulez bien patienter, il sera à vous d'ici quelques instants. »

Agatha prit un magazine sur les belles demeures de campagne et le feuilleta. Les bureaux étaient calmes, protégés du bruit de la circulation par la cour. Ses paupières commencèrent à s'alourdir, et au bout de quelques minutes, elle dormait comme une souche.

Elle se réveilla en sursaut une demi-heure plus tard. Charles la secouait par l'épaule. « Allez, viens, Aggie. On va prendre un verre, que je te présente Tomtom. »

Agatha se leva, clignant des yeux, et finit par distinguer un homme replet et bien mis au visage rouge luisant et aux épais cheveux gris. « Tu aurais dû me réveiller, Charles, dit-elle avec reproche.

– Tu n'as rien raté, fit allègrement Charles. Tu es tellement mignonne quand tu dors, et que tu ronflotes, la bouche ouverte.

– Et toi, quand tu dors, on dirait que tu souffles la soupe : apfou ! apfou ! apfou ! » riposta-t-elle vindicative.

Elle rougit en voyant Tristan Tomley les regarder l'un et l'autre, les yeux brillants de curiosité.

« Allons-y, dit Charles avec une inaltérable bonne humeur. Où est le pub, Tomtom ?

– Juste au coin. Le Goat and Boots. »

Ils sortirent dans le brouillard glacial et Tomtom déclara : « Je doute fort que vous puissiez rentrer ce soir. Le brouillard est épais. Je sens dans mes articulations que l'hiver va être rude. »

Le pub était relativement calme. Ils emportèrent leurs verres jusqu'à une table d'angle.

« Alors, Charles, demanda Tomtom, de quoi s'agit-il au juste ? Tu n'es pas venu jusqu'ici pour échanger des souvenirs sur nos années de pension, hein ?

— Non, en effet. Je séjourne un moment chez Agg... Agatha à Fryfam.

— Ah. C'est là qu'il y a eu l'assassinat de Trumpington-James. Tu t'y intéresses ?

— Nous aimons résoudre les mystères, expliqua Charles. J'aurais des questions à te poser sur le testament.

— Aucun problème. C'est très simple : tout revient à l'épouse. »

C'est alors qu'Agatha eut ce qu'elle considéra comme un éclair de génie.

« Aha. » Elle planta ses petits yeux d'ourse dans ceux du notaire. « Mais qu'en est-il de l'autre testament ?

— Quel autre testament ? »

Agatha se pencha en avant, tout excitée.

« Celui que Tolly menaçait de faire juste avant d'être assassiné. Celui qui déshéritait sa femme et laissait l'argent à... une tierce personne ! »

Tomtom la dévisagea d'un air amusé.

« Ah, comme dans les romans ? » Il éclata de rire. « Rien d'aussi louche ici. Il n'y a qu'un seul testament et aucune menace de déshériter l'épouse. Dis-moi, Charles, tu te souviens de ce bon vieux Stuffy ? »

Agatha retomba dans la morosité tandis qu'ils échangeaient leurs souvenirs. Un voyage à Norwich pour rien ! Dire qu'elle avait échoué dans cette ville glaciale pour se faire ridiculiser !

Enfin, après ce qui lui sembla une éternité, Tomtom annonça qu'il était obligé de rentrer.

« Je vous aurais bien invités chez moi, mais j'ai ma belle-mère en ce moment, et elle est un peu pénible, c'est le moins qu'on puisse dire. »

Son ami parti, Charles demanda : « Tu crois vraiment qu'il peut y avoir un autre testament ?

– J'espérais que Tolly avait brandi cette menace, ou même qu'une mystérieuse femme serait couchée sur le testament existant. Maintenant, je me sens vraiment bête d'avoir cru cela.

– Je dois avouer que j'espérais la même chose. Alors, qu'est-ce que tu veux faire à présent ? On cherche un hôtel ?

– Essayons de rentrer. On pourra toujours s'arrêter en chemin. Au moins faire une halte quelque part pour dîner. Je n'aime pas laisser mes chats tout seuls. Je leur ai mis une provision de croquettes et ils ont de l'eau en quantité suffisante, mais ils vont se demander où je suis passée.

– Je crois que Hodge et Boswell s'amusent très bien tout seuls, Aggie.

– Mais il fera froid dans le cottage.

— Ils finiront certainement sous ta couette. »
Agatha saisit le bras de Charles.
« Regarde !
— Quoi donc ?
— Oh, elle est partie.
— De qui parles-tu ?
— Là-bas, juste au bout de la rue, devant la vitrine... J'ai cru voir la femme du capitaine, Lizzie Findlay.
— Oui, et alors ? Qu'est-ce que ça a de si extraordinaire ?
— Elle était métamorphosée. Toute pimpante, en tailleur-pantalon et talons hauts, et maquillée.
— Comment as-tu pu voir ça dans ce brouillard ?
— Il s'est un peu dissipé, et puis la vitrine était brillamment éclairée. Un bus est passé et il a fait tourbillonner le brouillard. Ce n'était probablement pas elle, mais quelqu'un qui ressemble à ce dont elle aurait l'air si elle faisait un effort de coquetterie. Je dois avoir des visions parce que je refuse que cette expédition dans un froid polaire soit une perte de temps complète. Et puis je me fais un sang d'encre pour mes chats ! »
Les embouteillages à l'heure de pointe se densifiaient. Charles changea de file.
« On devrait peut-être s'arrêter bientôt pour manger quelque chose, dit-il. Ensuite, la route sera plus dégagée.
— Comme tu voudras. Et mets le chauffage. Je suis gelée. »

À l'extérieur de Norwich, la circulation se fit moins dense et la campagne environnante plus sombre, tandis que le brouillard s'épaississait.

« Je ferais bien une petite pause, moi, marmonna Charles. Je crois distinguer un bâtiment là-bas devant, mais dans ce brouillard je ne vois pas s'il s'agit d'une usine ou d'un pub. Ouf ! Un pub ! »

Il tourna dans un parking et, en sortant de la voiture, leva un doigt. « Je crois que le vent se lève, Agatha. Juste un petit souffle d'air. Tu sais ce que prévoit la météo ?

– Non.

– Tant pis. Regardons ce qu'ils proposent comme menu. »

Il y avait une petite salle à manger dans le pub. Le menu était du type poulet-dans-son-panier, scampis-dans-leur-panier[1], ainsi que des pommes de terre au four avec différentes sauces, et des sandwichs. Ils commandèrent du poulet. La viande était sèche et dure, couverte d'une panure orange, et les frites appartenaient à la triste espèce surgelée, mais ils avaient au moins quelque chose à se mettre sous la dent ; et ils firent passer leur repas avec de l'eau minérale, Charles ayant décrété qu'il ne voulait pas risquer d'être au-dessus du seuil d'alcoolémie toléré et que, puisqu'il ne pouvait pas boire, il ne

---

1. Genre de plat qu'on trouve dans les pubs populaires de campagne, présenté dans un panier avec des frites, et qui n'est pas facile à manger.

voyait pas pourquoi Agatha aurait ce plaisir. « En plus, c'est suspect de boire tout seul. »

Ils dînèrent en silence et, à la grande stupéfaction d'Agatha, Charles paya l'addition. Dehors, le brouillard était toujours aussi dense.

« On va avoir vraiment du mal à rentrer, dit Charles sur le parking alors que des volutes humides s'enroulaient autour d'eux. On devrait essayer de retourner à Norwich pour la nuit.

– Je vais conduire, fit Agatha avec obstination. Pense à mes chats.

– Au diable tes bestioles ! Tu vires à la vieille fille, dit Charles dans un accès de mauvaise humeur inhabituel chez lui.

– Je deviens quelqu'un d'humain et d'attentionné, rétorqua sèchement Agatha. On ne peut pas en dire autant de toi.

– Allez, monte dans la voiture. Je vais faire ce que je peux.

– Où est-il passé, ton fameux vent ? se moqua-t-elle en bouclant sa ceinture.

– Dieu seul le sait. Bon, on plonge dans la nébuleuse du Norfolk. »

Ils s'engagèrent sur la route à une allure constante, sans jamais dépasser le cinquante à l'heure.

« Tu ne peux pas aller plus vite ? demanda Agatha.

– Tais-toi. »

Au bout de quelques kilomètres, Charles fit le point : « Le vent se lève enfin, mais pour l'instant, il n'arrange rien, au contraire. »

Des vagues de brouillard irrégulières dansaient comme des pâles fantômes dans la lumière des phares devant ses yeux fatigués. Il arriva au sommet d'une petite colline, et brusquement ils débouchèrent dans une nuit claire et étoilée.

« Je n'en reviens pas », dit Charles en accélérant.

Ils atteignirent enfin Fryfam et tournèrent dans Pucks Lane.

« Je crois avoir bien mérité un double cognac », fit Charles en se garant le long de la haie. Agatha fouilla dans son sac à main en quête de sa gigantesque clé.

Sur le seuil, elle se figea.

« Charles, la porte n'est pas fermée. Ce n'est pas nous qui l'avons laissée comme ça ?

– Bien sûr que non. N'entre pas, Aggie. Il y a peut-être encore quelqu'un à l'intérieur. Reste ici, je te dis ! »

Mais Agatha se ruait déjà dans la maison en criant : « Mes chats ! »

Charles l'entendit alors pousser un hurlement de détresse et il se précipita à sa suite. Elle était debout dans le salon où tout était sens dessus dessous. Les tiroirs du bureau étaient béants.

« Hodge et Boswell, gémit-elle, les lèvres blêmes.

– Ne bouge pas, je vais voir à l'étage. »

Charles monta inspecter les deux chambres. La maison avait été fouillée de fond en comble.

« Je vais appeler la police, annonça-t-il en redescendant. Où vas-tu ?

– Chercher mes chats. »

Agatha passa dans la cuisine, où placards et tiroirs étaient ouverts. Qu'est-ce que les cambrioleurs espéraient trouver ?

Elle sortit dans le jardin, appelant désespérément ses chats. Mais aucun éclat vert oblique n'éclaira l'obscurité d'une lueur bienvenue.

Elle fouilla partout jusqu'à ce que Charles arrive derrière elle pour lui dire : « La police est là, Aggie. Je suis sûr qu'il n'est rien arrivé aux chats. Ce sont des champions de la survie. Allez, ne reste pas dans ce froid.

– Jamais je n'aurais dû les laisser, articula-t-elle d'une voix brisée par les sanglots.

– Allons, allons ! dit Charles, lui passant un bras autour des épaules. Où est passée ma courageuse Aggie ? Il n'y a que ce brave Framp pour l'instant. Les huiles arriveront plus tard. »

Il réussit à l'entraîner au salon, où Framp était debout devant la cheminée.

« Juste quelques questions préliminaires, dit celui-ci en ouvrant son calepin.

– Assieds-toi, Aggie. » Charles l'installa d'autorité sur le canapé. « Attendez deux minutes et je répondrai à toutes vos questions. Elle n'est pas en état de le faire. Je vais lui chercher un cognac. »

Il sortit une bouteille du placard où Agatha rangeait ses alcools forts, et lui en versa une solide rasade.

« J'imagine que vous ne buvez pas pendant le service ? lança-t-il à Framp.

– Fait pas chaud ce soir, monsieur, et une bière serait pas de refus.
– Nous n'en avons pas. Tiens, Aggie, bois ça. Je peux vous proposer du whisky, du gin, de la vodka, ou du vin de sureau.
– Ma foi, je serais pas contre un whisky, monsieur.
– Très bien. Avec du soda ?
– Non, sec. »
Charles tendit à Framp son verre et se servit un cognac.
« Asseyez-vous, dit-il à Framp. La nuit va être longue. »
Une demi-heure plus tard, Hand et Carey débarquaient. Framp fit prestement disparaître son verre derrière le poste de télévision.
« Vous avez de la chance, déclara Hand. On travaillait sur une autre affaire dans le secteur quand on nous a appelés. »
Ce fut Charles qui répondit une nouvelle fois à toutes les questions. Il se borna à dire qu'ils étaient allés faire des achats à Norwich et étaient rentrés tard à cause du brouillard. Non, il ne savait pas du tout ce que les cambrioleurs cherchaient, ni qui avait bien pu entrer sans forcer la porte. On fit lever Agatha pour qu'elle accompagne Carey à l'étage afin de voir si on n'avait pas touché à ses bijoux. Elle se déplaça comme une automate, continuant à se lamenter au sujet de ses chats. Puis elle revint dans le salon avec Carey.

« Il ne manque rien, chef, annonça celui-ci.

— L'équipe qui relève les empreintes ne va pas tarder à arriver, soupira Hand en se tournant vers Agatha. Dites-moi, vous, avez-vous continué à jouer au détective ? »

Charles lança à Agatha un regard de mise en garde.

« Non, mentit-elle. Et mes chats ?

— Ils ne doivent pas être bien loin. »

Mais Agatha était persuadée qu'ils étaient morts. Jamais elle n'aurait dû les amener avec elle. Jamais elle n'aurait dû fuir Carsely. Elle promit à Dieu de faire tout ce qu'il voudrait pourvu que ses animaux reviennent. Une équipe d'experts se présenta et chercha les empreintes éventuelles. Malgré son affliction, Agatha ne put s'empêcher de comparer Fryfam à Carsely. Si la même chose était arrivée là-bas, tous les habitants l'auraient entourée pour lui offrir sympathie et réconfort. Mais les habitants superstitieux de Fryfam, eux, restaient dans leurs trous comme des hobbits.

Enfin, à trois heures du matin, l'équipe médico-légale et la police partirent. Assise à côté de Charles sur le canapé, Agatha frissonna. « Ce qu'il fait froid !

— Écoute-moi, dit Charles. Tu vas rester tranquillement sur le canapé pendant que j'allume le feu. Je commencerai par celui du bas, et quand nous serons un peu réchauffés, je monterai allumer ceux des chambres. »

Agatha, l'œil morne, le regarda disposer les allume-feu, le papier journal et les bûches dans l'âtre et se reculer, accroupi, pour surveiller le feu pendant qu'il prenait. Il se saisit ensuite du panier à bois vide et se leva.

« Je vais dans la remise chercher des bûches. Tu peux rester seule ? »

Agatha hocha la tête et contempla les flammes qui dansaient. Je suis une idiote, pensa-t-elle. Je devrais m'occuper de ce qui me regarde. Quelle idée d'être venue dans ce trou de malheur pour qu'on y supprime mes chats ? Qui se soucie de savoir qui a tué Tolly ?

Elle entendit la porte de la cuisine s'ouvrir avec fracas et Charles la héler joyeusement : « Regarde ce que j'ai trouvé, Aggie ! »

Elle tourna la tête et se leva d'un bond : il tenait Hodge et Boswell dans ses bras.

« Oh, Dieu soit loué ! s'écria-t-elle, les joues inondées de larmes de soulagement. Amène-les dans la cuisine, Charles, dit-elle après les avoir caressés, je vais leur donner un petit extra. »

Et Charles attendit, amusé, pendant qu'elle ouvrait une boîte de pâté de foie gras et une de saumon.

« Tu vas les pourrir, à force ! » fit-il, et il repartit chercher les bûches en sifflotant.

Agatha fut réveillée par la sonnette de la porte d'entrée. Elle regarda son réveil sur la table de chevet et gémit. Huit heures du matin ! Elle enfila tant bien que mal sa robe de chambre et descendit à la hâte tandis que le visiteur continuait à carillonner. Lorsqu'elle ouvrit la porte, elle se trouva face au visage ingrat de Mrs Jackson.

« Je suis venue faire le ménage », dit celle-ci en entrant, non sans la bousculer au passage. Agatha reprit ses esprits. Elle aurait aimé lui dire d'aller se faire foutre, mais il y avait toute cette poudre à empreintes à nettoyer.

« On a été cambriolés hier soir, expliqua Agatha, et la police est venue. Les légistes ont laissé de la poudre à empreintes partout. Il faut que je retourne me coucher. Ne vous occupez pas des chambres, faites le bas. Ah, et puis les vitres aussi.

– Je fais pas les vitres.

– Faites ce que vous pouvez, grogna Agatha. Et ne dérangez pas mes chats. D'ailleurs, je vais les monter dans ma chambre. »

Elle regarda la femme de ménage avec curiosité. « Vous ne semblez pas très surprise.

– C'est tous ces étrangers pas d'ici, fit Mrs Jackson en ôtant son manteau. Jamais on n'avait vu des choses pareilles quand ils restaient chez eux. »

Cette remarque, venant d'une femme qui avait pour mari un taulard récidiviste, ne manquait pas de sel, se dit Agatha. Mais elle était trop lasse pour parlementer. Elle prit ses chats, monta avec eux, les posa au pied du lit, se recoucha et s'endormit.

À son réveil, il était onze heures. Elle fit une toilette rapide et descendit, suivie des deux chats. En entendant la voix de Charles dans la cuisine, elle devina qu'il parlait à Mrs Jackson. Elle jeta un coup d'œil dans le salon. Il resplendissait : plus un grain de poussière, la cheminée avait été nettoyée et un nouveau feu était prêt à être allumé. Au moins, elle sait faire le ménage, pensa Agatha.

Elle alla dans la cuisine. La conversation s'arrêta brusquement à son entrée. Mrs Jackson rinçait un chiffon dans l'évier, et les journaux du matin étaient étalés devant Charles.

« J'ai presque fini ici, dit Mrs Jackson. Vous voulez que je fasse le haut ?

– Oui, s'il vous plaît. »

Charles se leva : « Nous allons sortir, Betty. Pouvez-vous fermer la porte à clé derrière vous ?

– Mais comment veux-tu qu'elle ferme ? s'inquiéta Agatha. C'est moi qui ai la clé.

– Je suis allé à l'agence et je leur ai demandé un double, fit Charles. J'ai déjà payé Betty. Allez, viens, Aggie. Tu prendras ton petit déjeuner plus tard. »

« Alors comme ça, tu l'appelles par son prénom ? dit Agatha. Qu'est-ce que tu en as tiré ?

– Monte dans la voiture et je te dirai.

– Attends deux secondes. Mes chats ?

– Je les ai mis dans le jardin. Ils ne craignent rien.

– Qu'est-ce qu'elle fait de ses enfants quand elle commence si tôt ?

– Ils prennent le premier bus pour l'école. Là-bas, on sert un petit déjeuner gratuit aux enfants des mères qui travaillent, à condition qu'elles aient des revenus très modestes.

– Alors, qu'est-ce que tu as récolté comme informations ? »

Charles s'arrêta sur une aire de repos et coupa le moteur.

« C'est ce qu'elle a gardé pour elle qui me fascine. Elle assure que Lucy était une bonne patronne.

– "Était"? Elle ne travaille donc plus pour elle ?

– Non. Elle dit que Lucy lui a donné une prime de départ, et très généreuse avec ça. Il semble que notre chère Lucy ait l'intention d'engager une entreprise pour refaire la décoration de fond en comble, puis de mettre la maison en vente dès que possible. Mais entre temps, on aurait pu penser qu'une femme comme elle aurait besoin de quelqu'un pour faire la vaisselle et passer l'aspirateur. Mrs Jackson n'a pas dit grand-chose sur Tolly, mais elle s'en tient à sa première déclaration : ces deux-là formaient un couple uni.

– Peut-être que c'est nous qui avons tort et qu'ils l'étaient.

– Allons ! Tu es persuadée du contraire.

– Oui, je l'admets. Où allons-nous ?

– J'ai eu ma dose de Betty Jackson. Cette bonne

femme me donne la chair de poule. Je pensais à Lizzie Findlay.

— La femme du capitaine ? Parce que j'ai cru la voir toute pomponnée ?

— Ma foi, c'est sans doute parce que je commence à piaffer et que je n'ai pas de meilleure idée. Lucy a laissé entendre que Tolly faisait des ronds de jambe devant Lizzie, si tu te souviens bien.

— Oui, mais c'était sûrement pour entrer dans les bonnes grâces du capitaine.

— Va savoir ! Prends Lucy, par exemple. Elle doit dépenser des fortunes pour son apparence et elle est dure comme la pierre. Tandis que Lizzie, cette pauvre femme soumise, est tout ce que Lucy n'est pas.

— Une vieille peau complètement fanée, oui !

— On ne sait pas à quoi elle peut ressembler une fois arrangée avec coquetterie. »

Agatha fouilla dans sa mémoire. Elle ne s'était pas vraiment attardée sur Lizzie. Une myope aux cheveux trop fins, à la silhouette perdue dans des vêtements informes. Elle secoua la tête.

« J'ai du mal à y croire.

— Essayons, à tout hasard. On va aller chez le capitaine, cacher la voiture quelque part et surveiller ce qui se passe. »

Il faisait beau, mais le vent était vif.

« Alors pas trop longtemps », dit Agatha, circonspecte.

Ils se remirent en route et Charles tourna sur

une petite route de campagne, peu avant la maison du capitaine.

« Je ne vois pas comment nous allons pouvoir l'espionner, objecta Agatha. Il faut faire un bon bout de chemin et passer devant la ferme avant d'arriver chez les Findlay.

— Ne sois pas défaitiste. Nous allons bien trouver une solution, dit Charles. Regarde : si nous entrons sur les terres du capitaine et traversons ce champ, nous pourrons nous cacher dans ce bosquet de pins et voir très distinctement l'entrée de la maison.

— Et si quelqu'un nous surprend ? N'importe qui peut nous voir si nous coupons à travers champs.

— C'est un risque à prendre.
— Et les chiens ?
— Ils m'aiment bien.
— Quelle excuse invoquer si nous sommes pris ?
— Nous dirons que nous avons vu quelqu'un de patibulaire ou, mieux, un de ces *travellers* New Age entrer sur le domaine et que, n'écoutant que notre solidarité de voisins, nous nous sommes lancés à sa poursuite.

— Mais...
— Allez, viens, Aggie ! »

À contrecœur, Agatha lui emboîta le pas. Charles ouvrit la barrière du champ et la referma derrière eux.

« Nous allons suivre le chemin qui longe le champ. Il n'y a pas de mal à ça. C'est quand les gens marchent à travers champs que les propriétaires s'énervent. »

Ils progressèrent donc. Agatha jetait des regards inquiets autour d'elle. Elle poussa un soupir de soulagement lorsqu'ils atteignirent le bosquet de pins. Les pins…, songea-t-elle. Pourquoi n'en existait-il pas une variété plus touffue ? Ils se mirent à couvert derrière le plus robuste.

De leur poste, ils voyaient très bien l'entrée.

« Je peux fumer une cigarette ? demanda Agatha.

— Non, répondit vivement Charles. Quelqu'un pourrait remarquer la fumée montant de l'arbre et venir voir ce qui se passe.

— Combien de temps allons-nous rester là à nous geler les miches ?

— Chut ! Quelqu'un sort. »

Sous leurs yeux, la haute silhouette du capitaine émergea de la maison. Il monta dans une Land Rover poussiéreuse après avoir fait grimper les chiens à l'arrière, au grand soulagement d'Agatha. Ils regardèrent la voiture descendre l'allée et disparaître sur la route, laissant seulement derrière elle une fumée d'échappement noire.

« Et maintenant ? murmura Agatha. C'est ça, l'événement du jour ?

— On attend de voir si Lizzie Findlay va bouger. »

Agatha mourait d'envie d'une cigarette. Si seulement elle pouvait cesser de fumer et d'être esclave de son addiction. Elle regarda le ciel entre les cimes des pins.

« Il fait de plus en plus sombre, Charles. Le soleil s'est caché. Tu ne crois pas qu'on devrait partir avant qu'il ne se mette à pleuvoir ?

— Quitte à avoir attendu jusqu'ici, on peut bien rester encore un peu. »

Trois autres quarts d'heure plus tard, Agatha avait pris froid et était démoralisée. Une rafale de vent subite fit frémir les pins et elle sentit sur sa joue une goutte de pluie.

« Ça ira comme ça. Je m'en vais. Je ne veux pas attraper une pneumonie.

— La voilà », chuchota Charles.

Lizzie Findlay sortit de la maison, vêtue d'un vieux Barbour, un foulard sur la tête et une petite valise à la main. Elle monta dans une Ford Escort fatiguée, posa son bagage sur le siège passager et, après avoir un peu tâtonné, chaussa une paire de lunettes de conduite.

« Laissons-la descendre l'allée, et nous la suivrons », dit Charles, frétillant d'impatience.

Dès que la Ford eut disparu, Charles saisit la main d'Agatha et la força à courir vers la voiture. Une pluie froide leur fouetta le visage et, comme Charles avait traversé le champ labouré en diagonale cette fois, les chaussures d'Agatha étaient recouvertes de boue visqueuse lorsqu'ils arrivèrent enfin à la voiture.

« De quel côté est-elle allée ? demanda Agatha en attachant sa ceinture.

– Je ne sais pas, mais je parierais pour la route de Norwich. »

Charles démarra sur les chapeaux de roue et Agatha se cramponna pendant qu'il faisait crisser les pneus dans les virages.

Il poussa bientôt un cri de triomphe : « La voilà !

– Où ça ?

– Devant nous.

– Je ne vois rien.

– La troisième voiture devant. Je garde cette distance pour qu'elle ne nous remarque pas. »

Ils continuèrent à vitesse constante.

« Elle doit effectivement se rendre à Norwich, reprit Charles. Pourvu qu'on ne la perde pas dans la ville. Enfin, il n'y a pas de brouillard, c'est déjà ça. »

Agatha avait le moral en berne, les pieds mouillés et boueux. Lizzie irait sans doute faire des courses avant de rentrer tout droit chez elle.

Cette dernière se dirigea sans hésiter vers le centre-ville et entra dans le parking où Charles s'était garé la veille. Ils trouvèrent une place deux rangées plus loin et laissèrent la voiture. Lizzie quittait à pas pressés le parking, sa valise toujours à la main. Ils la suivirent dans plusieurs rues jusqu'à ce qu'elle s'arrête devant un bureau de paris. Elle sortit une clé, ouvrit une porte mitoyenne du local, qui devait sans doute donner accès à des appartements à l'étage, et disparut.

« "Bizarre, vous avez dit bizarre !" s'exclama Charles. Regarde, il y a un café en face, et une table libre près de la fenêtre. On peut aller s'y installer pour monter la garde. »

Quand ils entrèrent, le patron du café fixa d'un œil réprobateur les chaussures boueuses d'Agatha. Ils commandèrent du café et s'assirent à la table repérée. Le temps passa lentement. Ils commandèrent d'autres cafés.

Enfin, ils virent la porte de l'autre côté de la rue s'ouvrir.

« Tu avais raison ! » s'exclama Charles, surexcité. Car la Lizzie qui venait d'apparaître était transformée. Elle portait un élégant imperméable blanc et un foulard en soie, des bas fins avec des talons hauts, et était maquillée avec le plus grand soin. Ce n'était certes pas une beauté, mais elle avait l'air d'une femme chic d'un certain âge et non plus d'une ménagère soumise. Ils réglèrent leurs consommations et la suivirent. Elle se promenait, léchant les vitrines, et finit par entrer dans un grand magasin, où elle fit des emplettes au rayon parfumerie, puis lingerie, pour acheter un soutien-gorge en dentelle et une culotte en soie.

Avec ses achats dans un sac et Charles et Agatha à ses trousses, elle retourna à la porte voisine du bureau de paris et s'engouffra à l'intérieur.

Charles et Agatha reprirent leur planque au café. La table près de la fenêtre étant occupée, ils se relayèrent pour surveiller la porte debout, le cou tendu. Une heure passa avant que Lizzie n'émerge, habillée comme à son arrivée, et sa valise à la main.

« Vite, on la suit, dit Agatha, se levant.

– Non, assieds-toi ! »

Agatha s'exécuta de mauvaise grâce.

« Pourquoi ? maugréa-t-elle.

– Parce qu'à l'évidence, elle rentre chez elle. Je veux savoir qui loue cet appartement, si c'est une location, et sous quel nom. »

Ils finirent leur café. Agatha commençait à regretter qu'ils n'aient pas commandé à manger, mais du moins avait-elle les pieds secs à force d'attendre.

« Il ne faut pas que les voisins, si voisins il y a, parlent de notre visite, fit Charles.

– J'ai déjà été dans ce genre de situation, s'empressa de répliquer Agatha. Je vais acheter un bloc-notes dans une papeterie, et je me présenterai comme faisant une étude de marché. Est-ce que tu vois d'ici combien il y a de sonnettes à cette porte ?

– Oui, quatre. Et un interphone.

– Attends-moi. Espérons seulement qu'un des voisins sera là. »

Elle trouva ce qu'elle voulait dans une papeterie voisine, puis retourna vers l'immeuble. Quel prétexte allait-elle invoquer ? Une étude de marché, sans préciser. Cela ferait l'affaire.

Il n'y avait pas de noms à côté des sonnettes, juste les numéros des appartements. Agatha n'obtint de réponse qu'au quatrième, où s'éleva une voix de femme stridente : « Qui est là ? Qu'est-ce que vous voulez ? Si c'est encore vous, les gamins, j'appelle la police.

– Enquête de marché, lança Agatha dans l'interphone.

– Pas le temps de répondre à toutes vos questions à la noix.

– Je vous paierai le temps passé.

– Combien ? » La voix était sèche et intéressée.

« Vingt livres. »

Le déclic d'ouverture retentit, Agatha poussa la porte et monta à l'appartement numéro deux. Une femme âgée se tenait dans l'embrasure, appuyée sur deux cannes.

« De quoi s'agit-il ? » demanda-t-elle.

Une tignasse sale et hirsute encadrait son visage ridé aux petits yeux perçants.

« J'enquête sur le café.

– Le café ? Je n'en bois pas. »

Je n'irai pas loin avec celle-ci, se dit Agatha. Je ferais mieux de retourner en face et d'attendre de voir si quelqu'un de plus coopératif revient dans cet immeuble.

« Désolée de vous avoir dérangée, dit-elle.

– Minute ! Vous n'aviez pas promis vingt livres ?

– Si.

– Eh bien, entrez. Je n'ai pas que ça à faire. »

Agatha la suivit dans un salon bien ordonné. Un canari gazouillait dans une cage près de la fenêtre et deux chats étaient couchés devant un radiateur électrique. Agatha réprima un frisson. Face à cette vieille femme, elle avait eu l'impression éphémère de voir son avenir.

« Je suis Mrs Tite. T-I-T-E. »

Agatha écrivit docilement son nom.

« Je ne bois pas de café, reprit son interlocutrice, mais mon fils, si. Asseyez-vous. »

Mrs Tite prit place laborieusement dans un fauteuil devant le radiateur, et Agatha s'assit dans celui d'en face.

« Combien de tasses boit-il par jour ?

– Quatre ou cinq. »

Agatha nota consciencieusement, et posa de multiples questions concernant les habitudes du fils buveur de café.

« Maintenant, dites-moi, y a-t-il dans cet immeuble quelqu'un d'autre qui serait susceptible de participer à ce sondage ?

– Il y a George Harris et le vieux Mr Black.

– Je préférerais une femme. Elles répondent mieux aux questions.

– Ah, il y a bien Mrs Findlay, mais je ne l'ai pas beaucoup vue ces derniers temps, ni son mari, d'ailleurs. »

Agatha éprouva un pincement de déception. C'était donc juste un pied-à-terre que les Findlay avaient acheté ou loué en ville. Elle sortit un billet de vingt livres et le tendit en se levant. Mrs Tite caressa le billet, le plia et le rangea dans la poche de son vieux cardigan.

« Ne vous dérangez pas, dit Agatha, je fermerai la porte en sortant.

— Ils sont plaisants à voir, reprit Mrs Tite, comme si elle se parlait à elle-même. Être aussi amoureux à leur âge. Dire qu'ils sont mariés depuis si longtemps ! »

Agatha, qui avait la main sur la poignée de la porte, pivota sur elle-même.

« Vous parlez du capitaine Findlay et de sa femme ?

— Il est capitaine ? Jamais il n'a utilisé son titre.

— J'ai connu des Findlay, poursuivit lentement Agatha, mais il se peut que je confonde ce monsieur avec le capitaine Findlay. À quoi ressemble-t-il ?

— C'est un petit homme rondouillard. Le teint rougeaud. Toujours habillé sport : veste d'équitation, cravate avec une épingle à tête de cheval.

— Merci », dit Agatha. Elle descendit l'escalier quatre à quatre et traversa la rue pour regagner le café où elle annonça à Charles ce qu'elle avait découvert, terminant par : « Ça ne pouvait pas être Tolly, si ?

— On dirait bien que c'est lui.

— Mais c'est impossible. Pourquoi un type riche comme Tolly voudrait-il courir après une femme telle que Lizzie Findlay ?

— Réfléchis. Il est marié à une blonde sans cœur qui ne lui cache pas qu'elle ne l'a épousé que pour son argent. Il fait du gringue à Lizzie, au départ dans le but d'avoir accès à son mari. Mais imagine qu'il se rende compte que Lizzie le trouve séduisant… Il court toujours après son fantasme : un style de vie traditionnel, chasse et campagne, et voilà qu'il se trouve face à une femme de ce milieu-là, qui fait des gâteaux et des confitures – elle a tout à fait le genre, je trouve. Peut-être qu'ils se sont rencontrés par hasard à Norwich un jour et que leur histoire a démarré comme ça.

– Et peut-être que Rosie a donné à Lizzie un flacon de son parfum à la rose et que c'est ça que Lucy a senti dans la chambre. Non, c'est trop tiré par les cheveux, dit Agatha, secouant la tête.

– On peut poser la question à Lizzie.

– Hein ?

– On n'a qu'à le lui demander. On essaie de la voir seule. Ce soir, par exemple. Je parie que le capitaine sort rejoindre ses copains chasseurs. Ça vaut la peine de tenter le coup.

– Je ne supporte pas l'idée de me remettre en planque dans ces pins.

– Alors rentrons et attendons sept heures. Ensuite, on passera des coups de fil.

– Mais pourquoi diable continuerait-elle à occuper l'appartement, à se mettre sur son trente-et-un et à acheter des dessous sexy si c'était Tolly l'homme en question ? Tolly est mort.

– Elle a peut-être trouvé quelqu'un d'autre.

– Hautement improbable.

– Nous en aurons le cœur net si nous pouvons la voir seule. »

Une fois au cottage, Agatha prépara un repas rapide – des sandwichs – et téléphona à Rosie Wilden pour lui demander si elle pouvait lui acheter son parfum à la rose.

« Bien volontiers. Demandez-moi un flacon la prochaine fois que vous viendrez.

– Merci beaucoup. J'ai senti ce parfum tout récemment. Voyons, sur qui était-ce ? Ah, je crois que c'était sur Mrs Findlay, la femme du capitaine.

– Ah, sans doute, fit Rosie. Elle l'aime beaucoup, mon parfum, Mrs Findlay. Je ne peux pas vous communiquer la recette, parce que c'est un secret de famille, mais si vous passez, je vous en donnerai. »

Agatha la remercia et raccrocha. Elle alla dans le salon, le visage rose d'excitation, et rapporta sa conversation à Charles.

« Tu vois ! dit-il. Tout ce qu'on a à faire, c'est se retrouver seuls avec Lizzie. »

Il attendit jusqu'à sept heures et demie ce soir-là avant de composer le numéro de Lizzie. Lorsqu'elle répondit nerveusement que son mari n'était pas là, Charles répliqua : « Mais c'est à vous que je désire parler. Puis-je venir ?

– Oh, mais le moment n'est pas très opportun.

– Il s'agit de votre appartement de Norwich. »

Il y eut un hoquet effrayé au bout du fil et Lizzie dit dans un souffle : « Je veux bien vous voir, mais pas ici.

– Alors venez à Fryfam, proposa Charles. Lavender Cottage, dans Pucks Lane. Vous voyez où c'est ?

– Oui.

– Nous vous attendons. »

Lorsqu'il eut informé Agatha de l'arrivée de Lizzie, il ajouta : « Tu sais ce qui me dérange ? Les fées. Parce qu'elles sont complètement passées à la trappe avec ces histoires de meurtre et toute cette pagaille.

– C'est vrai. Mais si elles avaient un rapport avec le meurtre, pourquoi irait-on élaborer un scénario pareil ? Pense aux risques encourus à chiper tous ces objets sans valeur.

– Tu oublies le Stubbs.

– Je ne crois pas que le vol du Stubbs ait le moindre rapport avec les fées. Ah, on sonne ! Ce doit être Lizzie. »

Cependant, quand Agatha ouvrit la porte, ce fut Hand qu'elle découvrit sur le seuil.

« J'ai pensé que ça vous intéresserait de savoir que celui ou ceux qui ont cambriolé votre domicile portaient des gants. À l'exception d'une série d'empreintes à côté de la cheminée. Vous avez reçu des enfants ici ?

– Non, aucun. En fait, je ne crois pas qu'il y en ait dans le village, à l'exception de ceux de Mrs Jackson.

– D'après nous non plus. Mes hommes sont allés voir cette femme avec l'inspecteur Carey. Je me suis dit que je viendrais vous parler d'abord.

– À ma connaissance, aucun enfant n'est venu ici, répéta Agatha, qui le poussa presque vers la sortie tant elle avait hâte de le voir partir avant l'arrivée de Mrs Findlay.

– Très bien, alors, lâcha-t-il en la regardant d'un œil soupçonneux. Je vous tiendrai au courant.

– Parfait, parfait, dit Agatha. Je vous remercie. »

Il en mettait, du temps, pour partir ! Et avec quelle lenteur il longeait la haie pour regagner sa voiture !

Sur des charbons ardents, Agatha attendit qu'il s'éloigne. Puis elle rentra en hâte chez elle.

« Téléphone à Lizzie, dit-elle à Charles. Si ça se trouve, elle est arrivée pendant que Hand était là et a pris peur. »

Derrière elle, la sonnette retentit encore, et elle sursauta.

« Cette fois, c'est Lizzie », déclara Charles.

6

En entrant, Lizzie Findlay cligna des yeux face à la lumière. Elle paraissait petite, fanée et effrayée.

« Vous allez me faire chanter ? demanda-t-elle.

— Pas du tout. Ôtez votre manteau et venez dans le salon », répondit Charles, l'aidant à se débarrasser de son vêtement.

Lorsqu'ils furent tous assis devant la cheminée, il attaqua :

« Nous avons découvert que vous rejoigniez Tolly à Norwich, vous faisant passer pour sa femme. »

Lizzie devint pâle comme un linge.

« Vous ne le direz pas à mon mari ? implora-t-elle.

— Non, la rassura Agatha. Nous aimerions juste savoir de quoi il retourne. Nous n'en parlerons pas à la police non plus.

— Alors autant vous avouer la vérité, soupira Lizzie en regardant avec tristesse ses mains usées par les travaux ménagers. Tout a commencé l'an dernier. Tolly était très prévenant avec moi, et pendant ces interminables dîners de chasse, nous avons beaucoup parlé. Au bout de quelque temps, je lui ai confié que j'étais très malheureuse en ménage, et il m'a avoué la même chose. De fil en aiguille, nous nous sommes rapprochés. Mon mari sort beaucoup, et c'est Tolly qui a eu l'idée de cet appartement à Norwich. Mon mari partait un mois au Canada pour voir de la famille, et il avait refusé de m'emmener. C'est alors que tout a vraiment commencé, pendant ce mois passé ensemble. J'avais peur que Lucy ne découvre notre histoire, mais Tolly m'a dit qu'elle se moquait éperdument de lui, qu'elle n'en avait qu'après son argent.

– Vous croyez que le capitaine a découvert votre liaison ? demanda Agatha. Aurait-il pu tuer Tolly ?

– Je ne sais pas, soupira-t-elle, abattue. Je me suis fait un sang d'encre à ce sujet.

– Nous vous avons vue à Norwich cet après-midi, lança Charles. Vous étiez métamorphosée. Habillée différemment et maquillée. Il y a quelqu'un d'autre ?

– Non, répondit Lizzie, et il n'y aura plus jamais personne. Je suis piégée à vie. Tolly voulait faire un autre testament… » Agatha lança à Charles un regard triomphant. « Il voulait tout me laisser. Mais je lui ai objecté que Lucy contesterait le testament et que ça provoquerait un énorme scandale. Il répétait qu'il allait divorcer, pourtant quand je lui demandais s'il avait parlé à Lucy, il jurait toujours que c'était pour bientôt. Et puis il a annoncé qu'il voulait faire un nouveau testament où il me léguerait le Stubbs, et que je pourrais le vendre, ce qui me permettrait de quitter mon mari.

– Alors il y a bien eu un autre testament ! » s'exclama Agatha.

Lizzie secoua la tête. « Je ne pense pas. Il a dit qu'il en avait fait un nouveau sur l'un de ces formulaires à remplir soi-même qu'on peut acheter à la papeterie. Mais pourquoi aurait-il changé ses dispositions ? D'autant qu'il aurait très bien pu me survivre.

– Vous ne voyez donc pas ? lança Agatha, survoltée. Supposons qu'il ait fait un autre testament et que Lucy l'ait trouvé. Elle a très bien pu voler le Stubbs elle-même pour qu'il ne vous revienne pas.

– Vous ne nous avez toujours pas dit pourquoi vous allez encore dans cet appartement de Norwich et changez complètement de style vestimentaire », fit Charles.

Elle eut un petit sourire pathétique.

« Le loyer est payé jusqu'à la fin de l'année. Vous avez entendu parler de ces travestis qui se promènent habillés en femmes, sans rien faire de plus ? Eh bien, je suis un peu comme eux. Pendant quelques heures, j'ai l'impression d'être différente, comme lorsque j'étais avec Tolly.

– Vous devez avoir été bouleversée par sa mort, reprit Charles.

– Au début, j'étais terrifiée à l'idée que ce soit mon mari l'assassin. Mais il est tellement colérique que s'il avait découvert mon secret, il se serait fait un plaisir de me le faire savoir. J'ai beau avoir été choquée et effrayée par le meurtre, la vérité, c'est que je pense que Tolly se servait de moi. Je suis parente du comte de Hadshire par ma mère, et ces derniers temps, tout ce que Tolly voulait, c'était que je m'arrange pour le faire inviter par le comte. Je crois que notre histoire n'aurait pas tardé à se terminer. Au début, j'ai cru que c'était de l'amour, parce que cela faisait des années que je ne m'étais plus sentie femme ; et puis, il y a eu toutes ces excuses pour justifier le fait qu'il remettait sans cesse à plus tard son aveu à Lucy. Je pense qu'il ne souhaitait pas divorcer, à cause de la pension alimentaire. Il ne voulait pas que sa femme ait quoi que ce soit et, bien entendu, il ne s'attendait pas à mourir si tôt. Je vous en prie, ne parlez pas de tout ceci aux inspecteurs.

– Bien sûr que non, dit Charles. Mais imaginez que nous mettions la main sur le nouveau testament. Et que nous retrouvions le Stubbs. Il faudra bien mettre la police au courant.

– Dans ce cas, cela n'aurait pas d'importance. Je partirais m'installer chez ma sœur en attendant que le Stubbs soit vendu aux enchères. J'aurais dû partir plus tôt, mais l'argent me donnera le courage de le faire.

– Vous n'avez pas de ressources personnelles ? demanda Agatha.

– Ma foi, j'ai presque entièrement dépensé le peu que j'avais à acheter des vêtements en secret.

– Quand on vous a vue monter à l'appartement, vous aviez une valise. Pourquoi n'avez-vous pas laissé vos jolis vêtements sur place ?

– J'en ai certains chez moi dans une vieille commode, dans ma chambre. Nous faisons chambre à part, mon mari et moi, et il ne met jamais le nez dans la mienne. J'aime avoir de jolies choses à portée de main.

– Et il ne vous laisse pas les porter ?

– Non, il trouve toujours quelque chose à me reprocher. Je crois que ça lui plaît de me voir mal fagotée. » Lizzie esquissa un sourire timide. « Ah, vous, les hommes ! »

Agatha se hérissa. Cette chère Lizzie était-elle aussi innocente et soumise qu'elle le laissait paraître ?

« Vous voulez boire quelque chose ? » proposa-t-elle.

Charles haussa des sourcils surpris, car Agatha avait littéralement aboyé.

« Oh, non, répondit Lizzie, il faut que je rentre. Je vous suis vraiment reconnaissante à tous deux de ne pas me dénoncer. » Elle se leva et adressa un sourire flou à Charles, qui dit galamment : « Je vais vous chercher votre manteau. »

Il raccompagna Lizzie, puis, en revenant dans le salon, eut un regard appuyé pour Agatha, qui fixait les flammes, la mine renfrognée.

« Quelle mouche t'a piquée ?

– Tu ne l'as peut-être pas remarqué, mais madame Sainte-Nitouche commençait à te faire du charme.

— Allons, Aggie, c'est juste une brave bourgeoise un peu vieux jeu.

— Continue à croire ça et tu vas bientôt te retrouver le nez sur sa petite culotte en soie.

— Ne sois pas vulgaire ! Si nous nous réincarnons tous, Aggie, je parie que tu reviendras en mouche, écrasée sur un pare-brise. Arrête de râler et récapitulons. En admettant que Tolly ait rédigé un nouveau testament — laissons le meurtre de côté — et que Lucy ait volé le Stubbs, qu'est-ce qu'elle en aurait fait ?

— Tu oublies qu'elle récolte l'argent de l'assurance. Et elle peut brûler le tableau si ça lui chante.

— C'est vrai. Mais à moins que ce soit elle l'assassin, comment aurait-elle pu prévoir qu'elle hériterait sans tarder ? Alors, ça nous mène où ? Tu sais, je culpabilise à propos de Lizzie.

— Ne me dis pas que tu es sensible à ses charmes flétris.

— En fait, je me sens coupable de lui avoir promis que nous ne parlerions pas aux inspecteurs de cet autre testament. Quand on pense à tout le personnel et aux moyens dont dispose la police ! Tolly a dû avoir besoin de deux témoins pour ce testament. Je me demande qui il a choisi.

— Nous avons oublié le garde-chasse, Paul Redfern.

— En effet. Si Tolly était aussi séduit par la vie de ces hobereaux de province qu'il le paraissait, alors nous devrions prendre le temps de parler à ce type. Il est trop tard ce soir, mais nous essaierons demain. »

La sonnette retentit.

« Quoi encore ? » grommela Agatha, qui se leva pour aller répondre. Elle revint, suivie de Hand.

« Nous avons trouvé tous ces objets cachés dans une cahute au fond du jardin de Mrs Jackson. Ses enfants les avaient chapardés, annonça-t-il.

– Qui sont ces gamins ? Je ne les ai jamais vus, dit Agatha.

– Il y en a quatre ! Wayne, quatre ans ; Terry, six ; Sharon, sept ; et Harry, huit. Ils disent que c'était pour rire. Ils branchaient une vieille guirlande de Noël à une batterie. Je ne sais pas comment ils se sont introduits chez vous, mais ils ont dit que beaucoup de gens ne fermaient pas leurs portes à clé, ou laissaient une fenêtre ouverte.

– Et le Stubbs ?

– Ils nient s'être approchés du manoir. Retrouver le Stubbs ne nous aidera pas à trouver l'assassin. Voler de petits objets est une chose ; dérober un tableau de cette taille, c'en est une autre. »

Il les observa avec insistance. « Et vous, les détectives amateurs, avez-vous découvert quelque chose ?

– Non, rien, répondirent en chœur Charles et Agatha.

– Je vous avertis : nous avons besoin de toutes les informations que nous pouvons récolter. Il est inutile que je vous rappelle ce qui vous arrivera si j'apprends que vous avez fait entrave au travail de la police dans une enquête criminelle en omettant de transmettre des informations importantes.

– Autre chose ? demanda suavement Agatha.

– Rien pour l'instant », marmonna-t-il.

Agatha le raccompagna à la porte et revint vers Charles, l'air inquiet.

« Espérons que Lizzie ne décidera pas brusquement de tout révéler à la police.

– Tant qu'elle ne dit pas qu'elle nous a parlé d'abord – et je ne vois pas pourquoi elle le ferait –, nous ne risquons rien. »

La première pensée d'Agatha au réveil, le lendemain matin, fut pour la visite qu'ils allaient rendre au garde-chasse. La seconde fut pour James, et elle s'avisa qu'elle pensait de moins en moins souvent à lui. Au lieu d'être soulagée de constater que son obsession était en train de régresser, elle en éprouva un certain malaise sans comprendre pourquoi. En fait, Agatha Raisin n'aimait pas être en tête-à-tête avec elle-même, et elle sentait obscurément que, sans cette obsession, il y aurait comme un vide dans son esprit, que rien n'amortirait plus la réalité. Elle se leva, entrebâilla la porte de la chambre de Charles et y passa la tête. Il dormait à poings fermés, toujours aussi impeccable et imperturbable.

Elle descendit et composa le numéro du presbytère de Carsely. Ce fut le pasteur qui répondit.

« Ah, c'est vous, grogna-t-il. Ne quittez pas. »

Agatha l'entendit crier :

« C'est la Raisin au téléphone. »
Mrs Bloxby prit l'appareil.
« Alors, cette enquête, ça avance ?
– On est encore loin d'avoir terminé, répondit Agatha.
– Charles est toujours là ?
– Oui.
– James n'est pas encore rentré. Il doit avoir été retardé.
– Ce n'était pas pour ça que j'appelais, dit Agatha, sur la défensive. Je voulais juste savoir comment vous alliez.
– Il n'y a rien de bien nouveau ici. Le pub ne va pas changer sa décoration, ce qui va vous enchanter. Nous avons une nouvelle venue au village, une Mrs Sheppard, très dynamique. Elle a pris la tête de la mobilisation pour la défense du pub. Je crois que ce sera une recrue très utile pour la Société des dames. Elle est très douée pour l'organisation. »
Agatha éprouva une bouffée de jalousie aiguë.
« Elle m'a un peu l'air d'une mère-j'ordonne, glissa-t-elle, acide. Je la vois d'ici. Tailleur en tweed, bas de contention et indéfrisable.
– Pas du tout. Mrs Sheppard a la quarantaine. Elle est blonde et très élégante, avec un grand sens de l'humour. Elle a ouvert une boutique de fleurs à Moreton et elle nous fait de magnifiques bouquets pour l'église. »
Il faut que je rentre avant que cette harpie ne

mette la main sur James, pensa Agatha. Elle se rendit compte que Mrs Bloxby était en train de parler.

« Je croyais que vous seriez déjà rentrée, disait-elle.

– Je commence à en avoir un peu assez de la vie ici, répondit Agatha. Je serai certainement de retour dem... »

Elle s'interrompit, sur un hoquet de surprise.

« Qu'est-ce qui se passe ? s'inquiéta Mrs Bloxby.

– Je vous rappelle ! »

Agatha raccrocha lentement. Par la porte entrouverte, elle apercevait la bordure dorée d'un cadre.

Elle entra dans la cuisine. Calée contre l'un des pieds de la table se trouvait un tableau à l'huile représentant un homme qui tenait un cheval.

« Charles ! » cria-t-elle.

Elle entendit une exclamation étouffée au premier étage, puis les pas de Charles dévalant l'escalier. Il entra dans la cuisine, nu comme un ver.

« Ça alors ! fit-il. Le Stubbs !

– C'est bien lui, hein ? »

Il s'approcha du tableau.

« Ne touche à rien ! hurla Agatha. Il faut appeler la police.

– Je vais juste regarder au dos. » Charles se mit à quatre pattes. Les chats, croyant que c'était un jeu, cherchèrent à lui tourner autour. Il passa la tête derrière le cadre. « Il y a une enveloppe scotchée au dos de la toile. Attends une minute. Dessus est écrit : "Testament de Terence Trumpington-James".

– C'est Tolly !
– Oui, tu te souviens que dans les journaux, il était dit qu'il s'appelait Terence. Il devait penser que ça faisait beaucoup plus "classe" de s'affubler d'un diminutif ridicule comme Tolly. Appelle la police, Aggie.
– Et toi, habille-toi, de grâce. »

Charles se redressa et monta, aussi à l'aise nu qu'habillé. Agatha téléphona à Framp : il viendrait dès qu'il aurait prévenu le commissariat central.

Sur ces entrefaites, Agatha composa le numéro de Lizzie. Ce fut le capitaine qui décrocha, et il demanda avec insistance pourquoi elle voulait parler à sa femme. Agatha répondit patiemment que cela avait trait à l'église et ne regardait que Lizzie. Le capitaine céda enfin le téléphone à sa femme.

« Le second testament a fait surface, l'informa rapidement Agatha. Collé au dos du Stubbs. Oui, dans notre cuisine. J'appelle pour vous prévenir que si c'est bien le testament dont vous parliez, la police va venir vous interroger. Ils ne trouveront rien de bizarre à ce que Tolly vous ait laissé ce tableau si par ailleurs il a légué tout le reste de ses biens à sa femme. Vous pourrez alléguer que c'était un témoignage d'amitié.

– Je suis fatiguée de mentir. Je vais dire la vérité aux inspecteurs.

– Les voilà qui arrivent chez moi », annonça Agatha, entendant la sonnette.

Elle raccrocha. Charles descendait l'escalier, habillé, quand Agatha ouvrit la porte.

Elle se trouva nez-à-nez avec Hand, Carey et Framp.

« J'étais chez Mrs Jackson au moment où Framp m'a appelé, dit Hand. Où est le tableau ?

– Là où je l'ai découvert. »

Agatha conduisit les arrivants à la cuisine.

« Le testament est scotché au dos du tableau.

– Vous n'avez touché à rien ?

– Non, répondit Charles. Je me suis mis à quatre pattes sous la table pour regarder derrière le tableau.

– Il va falloir de nouveau passer votre maison au peigne fin, avertit Hand. Nous allons dépêcher l'équipe médico-légale. Bon sang, j'ai hâte de savoir ce qu'il y a dans ce testament, mais je n'ose toucher à rien. »

Ce fut une longue matinée pour Agatha et Charles. Après avoir fait leurs dépositions, ils regardèrent la télévision pendant que la police et les légistes examinaient la cuisine.

« Je déteste ces daubes que nous sert la télé britannique, râla Charles. Les daubes américaines sont mauvaises, mais les anglaises sont encore un cran au-dessous.

– Elles ne sont pas aussi nulles que les américaines, protesta Agatha.

– Le lavage de linge sale en famille ne fait pas partie des traditions britanniques.

– Ce n'est plus vrai, objecta Agatha. Nous avons rejoint la grande confrérie des gnangnans. Oh là là, je meurs de faim ! S'ils n'ont pas besoin de nous, ils nous laisseront peut-être aller grignoter quelque chose à l'extérieur. Au fait, je ne t'ai pas dit : j'ai appelé Lizzie pour la prévenir.

– Espérons que son mari ne la fouettera pas à la cravache.

– Rien n'est moins sûr. Elle veut mettre cartes sur table.

– J'espère que tu l'as avertie qu'elle doit éviter de parler de nous.

– Non.

– Alors il ne reste plus qu'à prier qu'elle nous oublie, sinon la colère de Hand s'abattra sur nous. Attends-moi, je vais leur demander s'il est indispensable qu'on reste là. »

En revenant, il annonça : « Hand s'apprête à partir avec le testament dans une pochette en plastique. Il va sans doute aller tout droit chez Lizzie. Les légistes en ont encore pour plusieurs heures, alors nous pouvons nous absenter. Mais j'aimerais bien être une petite souris quand Hand parlera à Lizzie. »

« Lizzie ! beugla le capitaine. La police est là ! »

Il se tourna vers l'inspecteur principal Hand et le lieutenant Carey et lança : « Vous ne pouvez pas me dire de quoi il s'agit ? Venez dans mon bureau. »

Ils l'y suivirent. Le capitaine s'installa derrière sa table de travail. Hand et Carey restèrent debout.

Il y eut un long silence. Puis ils entendirent Lizzie descendre. Elle entra, vêtue d'une élégante robe en lainage rouge, coiffée de façon seyante et maquillée. Le capitaine lui jeta un regard noir.

« Pourquoi es-tu attifée comme une traînée ? »

Elle l'ignora et se tourna vers les inspecteurs.

« Vous vouliez me voir ? »

Hand s'adressa alors au capitaine.

« Si vous pouviez nous laisser seuls avec votre femme.

– Quelle idée ! Il n'y a rien de ce que vous pourrez dire à Lizzie que vous ne puissiez me dire.

– Qu'il reste », intervint Lizzie. Toute la terreur que lui inspirait autrefois cet homme avait disparu. Elle ne savait pas si c'était bien le nouveau testament qui avait été découvert, ni même s'il était en sa faveur, mais elle avait décidé le matin même de quitter son mari.

« Soit, dit Hand. Asseyez-vous, je vous prie. »

Lizzie s'installa avec soin au bord d'un fauteuil en cuir à côté de la cheminée et les inspecteurs prirent place sur un vieux canapé en crin.

« Le Stubbs a été retrouvé », commença Hand. Il décrivit la façon dont le tableau était réapparu dans la cuisine d'Agatha et résuma le contenu du testament.

« Ce nouveau testament a été contresigné par deux témoins, Paul Redfern, garde-chasse, et Mrs Elizabeth Jackson, femme de ménage. Je vais leur demander pourquoi ils ne m'en ont rien dit. Je le répète, il est similaire à l'ancien, à ceci près que le Stubbs vous y a été légué, Mrs Findlay.

– Je dois dire que c'est un beau geste de la part de Tolly », fit le capitaine.

Lizzie le regarda droit dans les yeux.

« C'est à moi qu'il a été légué, pas à toi. Dans combien de temps pourrai-je l'avoir, inspecteur ?

– Pas tout de suite. Nous avons besoin de tirer cette affaire au clair et de nous assurer que l'assassinat ne profite à personne. Où étiez-vous la nuit où Mr Trumpington-James a été tué, Mrs Findlay ?

– Ici même. Je n'ai d'autre témoin que mon mari, et je ne sais pas s'il était à la maison car nous faisons chambre à part.

– Nous interrogerons votre mari tout à l'heure. Pourquoi Mr Trumpington-James vous a-t-il légué un tableau d'une aussi grande valeur ?

– C'est simple, déclara le capitaine, toujours assis à son bureau. Tolly était fasciné par la chasse. Il a sans doute eu l'intention de nous faire un cadeau commun.

– Nous étions amants, dit Lizzie, détachant chaque syllabe, comme si elle laissait tomber des cailloux dans le sinistre bureau.

« Tu es devenue folle ou quoi ? bredouilla le capitaine.

– Je répète, nous étions amants, reprit Lizzie de la même voix calme et implacable. Il allait demander le divorce et moi aussi, mais je ne pense pas qu'il ait eu sérieusement l'intention de quitter

Lucy. Il ne voulait pas verser de pension alimentaire, vous comprenez.

– Et depuis combien de temps cela durait-il ? demanda Hand.

– Plus d'un an.

– Et où... euh... comment dirais-je, où cette liaison s'incarnait-elle ?

– Dans divers endroits », se contenta de dire Lizzie sans préciser. Elle regarda son mari bien en face. « En fait, ça a réellement commencé quand tu es parti au Canada. Tu n'as pas voulu m'emmener, si tu te souviens bien. Tu as dit que cela serait une dépense inutile. »

L'interrogatoire se poursuivit. Connaissait-elle quelqu'un qui possédait un rasoir sabre ? Mr Trumpington-James avait-il fait allusion à des ennemis ?

Lizzie répondit à toutes les questions sans se départir de son calme. L'interrogatoire achevé, elle se leva et déclara : « Je monte chercher mes affaires et je vous saurais gré de bien vouloir m'attendre. Je vous dirai où je vais, mais je ne veux pas que mon mari ait l'adresse. C'est un homme violent.

– Assez violent pour tuer ? » demanda Hand.

Lizzie eut un petit sourire et donna l'estocade : « Oh oui », dit-elle. Et elle sortit.

« À nous, monsieur, attaqua Hand. Où étiez-vous la nuit où Mr Trumpington-James a été assassiné ? »

Le capitaine, dont le visage avait viré au gris, débitait ses réponses d'une voix atone.

Lorsqu'ils en eurent fini avec lui, ils sortirent dans le vestibule où Lizzie attendait, assise, deux grosses valises à ses pieds.

« Nous pouvons partir ? lança-t-elle. Je vous ai préparé mon adresse par écrit.

— Il faudrait d'abord que vous nous accompagniez au commissariat central, précisa Hand. Le lieutenant Carey fera le trajet avec vous dans votre voiture.

— C'est vraiment très gentil, murmura Lizzie. Mr Carey, pourriez-vous m'aider à mettre mes valises dans le coffre ? Merci. »

La journée fut décevante pour Agatha et Charles. Quand ils arrivèrent chez le garde-chasse, ce fut pour découvrir qu'une voiture de police était venue le chercher.

« C'est exaspérant de ne rien savoir, se lamenta Agatha. Et si c'était lui qui avait fait le coup ? Peut-être était-il l'amant de Lucy.

— Auquel cas, ça ferait vraiment très lady Chatterley ! Et les "girls" ?

— Tu veux dire Harriet et compagnie ?

— Exactement. Les bruits se répandent comme une traînée de poudre dans ce village.

— Je sais où habite Harriet. Allons-y. »

Cette dernière était chez elle avec ses amies, les maris étant partis au pub, comme d'habitude.

« Entrez, s'empressa-t-elle de dire. Je voulais justement vous appeler. Eh bien, dites donc ! Retrouver le Stubbs dans votre cuisine !

– Comment l'avez-vous appris ? s'enquit Agatha, suivant Harriet dans son salon où Polly, Amy et Carrie étaient en train de faire du patchwork.

– L'un des policiers est allé prendre une pinte au pub et il s'est mis à bavarder avec Rosie, que Carrie a rencontrée sur la place, et c'est Rosie qui le lui a répété. Et vous ne devinerez jamais ! La police a embarqué Mrs Jackson et Paul Redfern pour le commissariat. Vous croyez qu'ils ont fait le coup ?

– Non, dit Agatha. Quel mobile auraient-ils ? Ah mais, si ! Ils ont été témoins pour le second testament. »

Quatre paires d'yeux écarquillés se rivèrent sur elle. Charles essaya de lui envoyer un coup de pied dissuasif, mais elle était déjà lancée en mode pipelette : « Il y avait un nouveau testament scotché au dos du tableau, annonça-t-elle. Je crois qu'il spécifie que le tableau est légué à Lizzie Findlay.

– Ça ne m'étonne pas, lança Polly.

– Pourquoi ?

– Moi, j'ai toujours été persuadée qu'il y avait anguille sous roche, pas vrai ? Au dernier dîner de chasse, comme je l'ai dit à Peter, j'aurais juré qu'ils se faisaient du pied sous la table. Et il m'a répondu : "Tu as vraiment l'esprit mal tourné." Quand je vais lui raconter ça !

– Oh, je ne pense pas qu'il y ait eu quoi que ce soit entre eux, déclara Agatha.
– Jamais trop tard pour être loyale, marmonna Charles.
– Je crois que la police a arrêté Lizzie, rapporta Amy.
– Mais pour quelle raison ? demanda Charles.
– Sloppy Melton, qui travaille à la ferme en face de chez les Findlay, a dit que pendant qu'il discutait le coup avec le métayer du capitaine, Joe Hardwick, il avait vu Lizzie sortir avec des valises, et monter dans sa voiture. Mais il y avait un policier avec elle et un autre les a suivis.
– Si elle avait été en état d'arrestation, on ne l'aurait pas autorisée à partir dans sa propre voiture et avec des valises. Elle a dû quitter son mari.
– Elle n'aurait pas osé ! fit Carrie, haletante. Elle avait bien trop peur de lui.
– Et si le capitaine était persuadé que sa femme le trompait avec Tolly ? avança Agatha, qui rougit en voyant Charles la fusiller du regard. Je sais bien que c'est une idée ridicule, rectifia-t-elle, mais il a pu se la mettre en tête et assassiner Tolly.
– Vous ne connaissez pas l'univers de la chasse, dit Polly. Ce n'est pas un sport, mais une religion. Le capitaine aurait mis sa femme dans les bras de Tolly si ça avait permis de faire rentrer des fonds.
– Mais pourquoi Mrs Jackson et le garde-chasse auraient-ils gardé le silence à propos du second testament ? demanda Agatha.

— C'est simple », répondit Carrie en souriant. Elle portait un rouge à lèvres d'un très joli rose, et son regard glissait sans cesse vers Charles.

« Qu'est-ce qui est simple ? grinça Agatha.

— En toute logique, lorsqu'ils ont su qu'il y avait chez le notaire un testament laissant tout à Lucy, et qu'il n'a pas été question d'un second, ils ont supposé qu'il n'y en avait pas d'autre.

— Ou encore, intervint Harriet, on leur a seulement demandé d'apposer leur signature au bas du testament et ils n'ont même pas pris la peine de le lire. Pourquoi l'auraient-ils fait ? Tolly a dû se borner à dire qu'il avait besoin de leur signature et ils se seront exécutés parce que c'était lui le patron.

— Alors, que pensez-vous de vos histoires de fées, à présent ? railla Agatha sans détacher les yeux de Carrie. Vous ne vous trouvez pas un peu bêtes en apprenant que c'était un tour des enfants de Mrs Jackson ?

— Il se passe des choses bizarres dans les coins très anciens de l'Angleterre, comme celui-ci. Mais vous ne pouvez pas comprendre, déclara Polly d'un ton méprisant. Pendant que vous êtes ici, Agatha, voulez-vous faire un peu de patchwork ?

— Je regrette, il faut qu'on y aille. Viens, Charles. » Agatha se dirigea vers la porte du salon. En entendant un éclat de rire, elle se retourna vivement. Charles la suivait, se touchant le front au garde-à-vous. Quand il la vit lui jeter un regard venimeux, il dit : « Je viens, chef. Me tapez pas.

– Espèce de clown ! s'exclama Agatha sitôt dehors.

– Je ne suis pas un chien, Agatha. Si tu continues, elles vont vraiment croire que je suis ton toy-boy.

– Ça ne risque pas, riposta-t-elle. Tu as passé l'âge et tu n'as pas de muscles.

– Allons voir au pub si nous pouvons récolter les derniers potins », dit Charles, qui traversa la place à grandes enjambées, semant Agatha.

Lorsqu'elle arriva au pub, il était déjà accoudé au bar, souriant à Rosie tout en commandant des boissons. Agatha s'approcha.

« Ah, te voilà, dit Charles. Un grand gin tonic pour toi. Ah, regarde. Framp est là. Allons nous asseoir à sa table. »

Le policier était installé seul dans un coin. Pendant qu'ils traversaient la salle pour le rejoindre, Agatha sentit dans son dos trois paires d'yeux hostiles. Laissant les femmes à leurs aiguilles, les hommes avaient repris le chemin du pub. Henry Freemantle, qui l'avait menacée et semblait être particulièrement teigneux, l'intriguait. Elle devait essayer d'en apprendre davantage sur lui.

La chope de Framp était presque vide et Charles proposa de lui en offrir une autre.

« Ne dites rien à Agatha tant que je ne suis pas revenu à la table, glissa Charles au policier.

– Je n'ai pas le droit de dire quoi que ce soit », répliqua Framp, morose.

Lorsque Charles réapparut avec une chope pleine, Agatha déclara : « Je n'arrive pas à comprendre pourquoi Mrs Jackson et Redfern ont signé un testament et ne vous en ont pas parlé.

— Ça, je peux vous l'expliquer, dit Framp, radouci à la vue de la pinte. C'est très simple : ils ont dit qu'ils ne l'avaient pas lu et qu'ils croyaient que c'était le seul testament existant.

— Ah bon, dit Agatha, déçue.

— Pourquoi le Stubbs a-t-il échoué chez vous, à votre avis ? demanda Framp. Et comment est-on entré ?

— On entre partout comme dans un moulin dans ce village, rétorqua Agatha.

— J'ai oublié de te le dire, Aggie : je n'avais pas fermé, avoua Charles, la mine penaude.

— Quoi ?

— C'est vrai. J'en avais l'intention, et puis ça m'est sorti de la tête. Tu étais montée te coucher la première et j'ai voulu regarder la télévision. Je me suis dit que je fermerais plus tard et je ne l'ai pas fait.

— Ceci étant, Framp a posé la bonne question : pourquoi l'a-t-on déposé chez nous ?

— Il y a autre chose, mais je ne devrais pas vous en parler », ajouta Framp, qui lampa le reste de sa bière et regarda sa chope vide d'un air éloquent.

« Je vais vous en chercher une autre », s'empressa de proposer Charles, en s'exécutant. Puis il demanda avec curiosité :

« Qu'est-ce que vous n'étiez pas censé nous dire ?

– Eh bien, Hand trouve bizarre que Mrs Raisin soit en train d'écrire un livre intitulé *Panique au manoir*, dans lequel un type se fait égorger avec un rasoir sabre quand, schlac ! voilà que Mr Trumpington-James se fait lui aussi égorger. Alors Hand commence à se dire que personne n'a déposé le Stubbs dans votre cuisine, que c'est vous deux qui l'avez volé, et puis que vous avez pris peur et monté de toutes pièces cette histoire de tableau qu'on avait laissé chez vous.

– C'est ridicule ! s'égosilla Agatha, le rouge aux joues.

– Il est en train d'examiner votre situation financière pour voir si vous aviez un besoin pressant d'argent.

– De mieux en mieux, lança Charles, amusé. Alors, après le vol du tableau, Tolly croit deviner que nous sommes les coupables et il nous le fait savoir par téléphone, mettons. Nous paniquons, nous nous pointons au manoir et lui tranchons la gorge avec un rasoir que nous avons sur nous comme par hasard.

– Ah ça, Hand soutient que les aristos de province dans votre genre, sir Charles, se servent souvent d'un rasoir sabre.

– Vous savez ce que je crois ? demanda Agatha. Que le voleur – pas nous – a paniqué et que, connaissant les soupçons de Hand, il a décidé de se débarrasser d'un tableau qui devenait gênant et de nous faire porter le chapeau.

– C'est abracadabrant, ça, commenta Framp.

– Beaucoup moins que de nous imaginer en assassins ! explosa Agatha.

– Calme-toi, dit Charles, ça tient pas debout. »

Agatha pensa soudain à James. Était-il rentré ? Et comment pouvait-elle quitter ce village puisqu'elle était désormais soupçonnée de meurtre ? Elle n'avait guère pensé à lui ces derniers temps, mais maintenant qu'elle ne pouvait plus partir de Fryfam comme elle le voulait, il l'obsédait à nouveau.

« J'ai oublié mes cigarettes, dit-elle en se levant. Je fais un saut chez moi pour les chercher.

– Reste là. Je vais t'en prendre au bar », offrit Charles.

Sidérée par la générosité inédite de Charles, Agatha fut momentanément distraite, mais quand il revint avec ses cigarettes, elle s'avisa que son téléphone portable était dans son sac.

« Il faut que j'aille aux toilettes, lança-t-elle avec une légèreté feinte. Je me demande où ça peut bien être…

– Sous ce signe qui indique "Dames", là-bas », répliqua Charles, posant sur elle un regard soupçonneux. Pourquoi Agatha oscillait-elle ainsi entre surexcitation et culpabilité ?

Elle entra dans les toilettes pour dames à l'ancienne, avec leur lavabo victorien géant, leurs robinets en laiton et leurs W.-C. équipés d'une énorme chaîne, et composa le numéro de Mrs Bloxby.

Laquelle répondit en personne d'un ton un peu distant.

« Ah, c'est vous ? Comment allez-vous ? »

Après lui avoir raconté la réapparition du Stubbs, Agatha demanda : « James est rentré ?

— Ma foi oui, il est arrivé aujourd'hui.

— Vous l'avez vu ?

— En fait, il sort d'ici.

— Il a pris de mes nouvelles ?

— Il a posé des questions sur le meurtre. Il l'a appris par les journaux. »

La main d'Agatha se crispa sur le téléphone.

« James n'aime rien tant qu'un bon mystère. Il va venir ici, je suppose.

— Il a dit que non.

— Quoi ? Il a dit ça comme ça ? Il a dit : "Je n'irai pas dans le Norfolk voir Agatha ?"

— Je ne me souviens plus de ses paroles exactes. Il faut que je vous laisse, Alf m'appelle. Au revoir. »

Agatha était si malheureuse que lorsqu'elle rejoignit Charles et Framp, elle avait oublié de ranger son téléphone. Voyant Charles le regarder fixement, Agatha rougit et l'enfouit dans son sac.

Mrs Bloxby passa dans son salon et s'assit devant le feu qu'elle regarda sans le voir. Était-ce un péché de mentir quand ce mensonge était pour le bien de quelqu'un ? Ce que James Lacey avait dit en réalité était : « Agatha me manque. Je crois que je vais faire un saut jusqu'à ce village de Fryfam. »

Et Mrs Bloxby s'entendait encore déclarer : « Elle est avec sir Charles. » Le visage de James s'était rembruni et figé, elle se le rappelait, et il avait changé de sujet.

Mrs Bloxby avait de l'affection pour Agatha et elle était persuadée que James anéantirait sa liberté d'esprit. Cela dit, elle s'en voulait d'avoir mentionné Charles. Sinon, James serait allé à Fryfam et se serait rendu compte qu'il n'y avait rien entre Agatha et Charles. D'ailleurs, compte tenu de cette différence d'âge de dix ans, Mrs Bloxby pensait naïvement qu'il ne pouvait rien y avoir entre eux. Elle soupira. Parler de Charles à James était une ingérence dans la vie d'Agatha. Or elle n'avait aucun droit d'intervenir ainsi. Si elle avait dit : « Charles est là-bas avec elle », cela aurait été parfaitement légitime, parce que James avait dû voir le nom de Charles dans les journaux. Déclarer de but en blanc sur un ton dissuasif : « Elle est avec sir Charles » équivalait tout de même à un mensonge. Elle entendit son mari entrer.

« Qu'est-ce qu'il y a ? demanda le pasteur. Tu as l'air bien sombre. »

Hélas, ce n'était pas à lui qu'elle pouvait se confier au sujet d'Agatha. Alf n'aimait pas Mrs Raisin et il ne comprendrait pas ses scrupules.

7

Grâce à Framp qui les avait prévenus des soupçons de Hand, Agatha et Charles ne furent pas particulièrement surpris d'être embarqués dans un véhicule de police pour aller au commissariat central.

Ils furent interrogés séparément. Confrontée à l'implacable interrogatoire de Hand, qui faillit parvenir à la convaincre qu'elle avait assassiné Tolly, Agatha commença à se dire que des certains devaient craquer et confesser des crimes qu'ils n'avaient pas commis. Elle s'efforçait de garder son sang-froid. Au bord de l'implosion, elle l'aurait traité de tous les noms d'oiseaux s'ils n'avaient pas été interrompus par l'arrivée de Tristan Tomley, venu défendre à la fois Agatha et Charles.

Il rejoignit Agatha à la table de la salle d'interrogatoire. Hand devint tout de suite moins agressif et Agatha regretta de ne pas avoir eu la présence d'esprit de demander une assistance juridique avant que Charles n'y ait pensé. Heureuse d'avoir un soutien, elle répondit calmement à toutes les questions. Enfin, elle relut sa déposition, la signa, et fut libérée.

« Vous allez devoir attendre Charles, dit Tomtom, jovial. Il faut que j'aille assister à son interrogatoire. »

Agatha s'installa sur une chaise sans confort à côté du comptoir de l'accueil et prit son mal en patience. Elle essaya de fantasmer sur James et elle, mais les images ne voulaient pas venir. Ce dont elle se souvenait, c'était de la froideur de James et de son agressivité, de la façon dont il lui faisait l'amour sans un mot. C'est terminé, enfin, se dit-elle.

« Vous voulez une tasse de thé ? lui demanda l'agent préposé à l'accueil.

– Non, merci. »

L'homme se redressa, puis geignit.

« Mes articulations me font un mal de chien, dit-il. Quand on arrive à nos âges, les genoux et les chevilles sont tout le temps douloureux, vous ne trouvez pas ?

– Non », rétorqua sèchement Agatha. C'est le bouquet après cette matinée horrible, pensa-t-elle. Qu'un flic bedonnant me rappelle mon âge ! Pour commencer, s'il perdait du poids, ses articulations lui feraient sans doute moins mal.

Enfin, Charles apparut aux côtés de Tomtom.

« C'est fini, Dieu merci ! Tu prends un verre, Tomtom ?

– Pas le temps, désolé. J'ai rendez-vous avec un client. Je t'appelle. »

Charles se tourna vers Agatha.

« Je te conseille de sourire. La presse attend dehors. Un des inspecteurs m'a dit qu'il y avait eu des fuites, et le bruit court que "nous sommes entendus par la police dans le cadre de l'enquête".

– Il n'y a pas de sortie par l'arrière ?

– Oh, on n'a qu'à affronter la tempête.

– On ne peut pas être raccompagnés chez nous par la police ?

– C'est une idée. »

Charles alla demander à l'accueil s'ils ne pourraient pas avoir une voiture de police pour les reconduire à Fryfam.

« L'inspecteur Hand en a demandé une, monsieur et, sauf erreur de ma part, elle attend devant la porte. »

Lorsque Charles et Agatha sortirent, les flashs les aveuglèrent et Agatha trébucha. Charles lui passa un bras autour des épaules et l'installa dans le véhicule.

En arrivant au cottage, Charles suggéra : « Prenons les chats et partons passer la nuit ailleurs. On essaiera de faire un tri dans les infos qu'on a récoltées. Si on reste ici, la presse va tambouriner à la porte d'une minute à l'autre.

– Mais où aller ? Les chats ne seront pas acceptés dans un hôtel.

– Nous nous arrêterons dans un motel en bord de route. Ne parle pas des chats. Une fois que nous aurons la clé de la chambre, nous les prendrons avec nous, ni vu ni connu. »

Ils préparèrent à la hâte leurs affaires, mirent les chats dans leurs cages de transport et repartirent. Ils trouvèrent un motel à la périphérie de Norwich. L'établissement n'était pas donné et, à la grande surprise d'Agatha, Charles sortit sa carte de crédit pour payer. Qu'était-il arrivé à cet homme passé maître en l'art d'« oublier » son portefeuille ?

Ils contournèrent le motel en voiture pour arriver à leur appartement et y transportèrent leurs bagages et les chats. Il y avait un salon et une chambre avec un grand lit double.

« On aurait dû prendre des lits jumeaux, protesta Agatha.

— Tu ne vas pas faire d'histoires, dit Charles qui s'était agenouillé pour laisser sortir Hodge et Boswell de leurs cages. Le lit est immense. Tu dormiras de ton côté, et moi du mien. Mets les chats au milieu si tu crains pour ta vertu.

— Tu crois qu'il faut dire à la police où nous sommes ?

— Je m'en charge. Ensuite, nous irons casser la croûte. Ces temps-ci, nous sautons beaucoup de repas. »

Charles appela la police et expliqua qu'ils avaient fui la presse.

« Prenons nos manteaux et allons déjeuner. Ensuite, nous ferons une promenade. Il y a un restaurant dans ce motel. »

Après le repas, ils quittèrent l'artère principale où était situé le motel et tournèrent sur une petite route de campagne. La bise soufflait, décrochant les dernières feuilles mortes qui venaient tourbillonner à leurs pieds. De gros nuages échevelés se poursuivaient dans un ciel d'orage, poussés par un vent venu tout droit d'Islande.

Agatha se félicita d'avoir mis des bottes et un pantalon. Ils firent trois ou quatre kilomètres avant de rentrer à l'hôtel. Dans leur salon, les chats vinrent se frotter contre les jambes de Charles en ronronnant.

« C'est curieux que mes chats t'aiment autant, fit remarquer Agatha en ôtant son manteau. Jamais ils ne s'approchent de James.

— Ils ont bon goût, tes chats.

— Je croyais que tu aimais bien James...

— C'est un macho, pour rester poli. Si tu l'avais épousé, Agatha, il se serait attendu à ce que tu te comportes en femme soumise.

— Il a toujours respecté mon indépendance.

— Tant que vous aviez une liaison, oui. Le mariage est une autre affaire. Une fois les premiers moments d'extase passés, ça se résume à "Où as-tu mis mes chaussettes ?" Crois-moi, c'est le genre de type qui s'attend à avoir ses chemises repassées et son dîner servi.

— Il peut toujours courir. Je croyais qu'on allait discuter de notre affaire..., lança sèchement Agatha.

— Soit. » Charles prit quelques-unes des feuilles du papier à en-tête fourni par l'hôtel. « Si on passe en revue les personnes et les indices, qui est ton suspect numéro un ?

— Que penses-tu du capitaine Findlay ? J'aimerais bien que ce soit lui.

— Alors il aurait aussi volé le Stubbs ?

— Pourquoi pas ? Si Tolly était assez imprudent pour donner son code à tout le monde, il a tout aussi bien pu faire des confidences concernant le Stubbs à l'un des membres de la chasse. Tu vois quelqu'un d'autre, toi ?

— Il se passe dans ce village des choses que nous ne pouvons même pas imaginer, résuma Charles. Reprenons tout depuis le début. Lucy est persuadée que son mari est l'amant de Rosie Wilden.

— Je croyais que l'idée était abandonnée puisqu'il avait une liaison avec Lizzie ?

— Pas nécessairement. Pourquoi Lizzie aurait-elle été la seule maîtresse de Tolly ? Une fois qu'il a eu commencé à tromper sa femme, il a pu se sentir pousser des ailes.

— Mais pourquoi aurait-on voulu le tuer, Charles ? C'est à Lizzie que revenait le Stubbs.

— Zut. On recommence. Dommage que Lucy ait un alibi en béton. Tu sais ce que je pense ? On devrait retourner au manoir et essayer de voir le garde-chasse.

— D'accord, concéda Agatha d'une voix lasse. J'ai l'impression qu'on est dans une impasse. Je vais donner à manger aux chats. Et n'oublions pas de suspendre l'écriteau NE PAS DÉRANGER à la poignée de la porte pour éviter qu'une femme de chambre n'entre pendant qu'on est sortis et ne leur fasse peur. »

Il faisait encore plus froid quand ils se mirent en route pour Fryfam, et un soleil rouge incandescent s'enfonçait derrière des nuages sombres.

« On dirait qu'il va neiger, dit Charles.

— Pas déjà. Il ne neige jamais avant janvier en Angleterre.

— Ailleurs dans le pays, non. Mais ici, nous sommes dans le Norfolk ! Cela dit, tu as sans doute raison. Quand on y pense, dans les films et les livres, il neige toujours en Angleterre à Noël, alors que je n'ai vu de Noëls blancs que dans des pays comme la Suisse.

— Pourvu qu'il ne neige pas ici. Ce serait le bouquet ! Je me demande où est Lizzie. Elle doit être retournée dans l'appartement de Norwich. Est-ce qu'elle aura assez d'argent pour vivre ?

— Elle peut toujours travailler. Le capitaine disait qu'elle aurait voulu être secrétaire, tu te rappelles ? Si elle sait taper à la machine et prendre en sténo, elle ne devrait pas avoir de mal à se faire embaucher malgré son âge.

— Pas sûr. On est à l'ère de l'ordinateur. Ne restons pas des heures dehors, hein !

— Tu as tort de t'inquiéter pour tes chats. Ils sont au chaud, ils ont eu à manger et ils se tiennent compagnie. »

Ils approchaient de l'allée menant au manoir. Charles proposa alors de garer la voiture et de finir le chemin à pied.

« Pourquoi ? pesta Agatha. On gèle et j'ai assez marché pour aujourd'hui.

– Je n'ai pas envie de devoir répondre à d'autres questions si la police a investi les lieux. Au premier uniforme en vue, on file. »

Agatha descendit de la voiture, bougonnant toujours. Tandis qu'ils remontaient l'allée, Charles reprit : « Avant d'arriver au manoir, on trouvera une route traversant le domaine. Le cottage du garde-chasse doit probablement se trouver par là. Tiens, je me demande si Lucy chasse. Sinon, c'est un vrai gâchis, tout ce gibier. Il y a des faisans partout.

– Je vois mal Lucy s'intéresser aux activités sportives de la campagne.

– Elle pourrait gagner pas mal d'argent si elle laissait le public chasser sur ses terres. Regarde, il y a quelqu'un là-bas. »

Un homme était assis au volant d'une Land Rover, à fumer une cigarette. Charles s'approcha. « Savez-vous où se trouve la maison de Paul Redfern ?

– Suivez cette route. Après le virage, vous la verrez sur votre droite.

– Merci. Vous travaillez ici ?

– Suis chargé de l'entretien, répondit laconiquement l'homme.

– La police est au manoir ?

– Elle y était un peu plus tôt. Mais tout le monde est parti. »

Charles remercia l'homme et reprit son chemin avec Agatha. Du grésil commença à leur fouetter le visage.

« Dommage qu'on soit venus à pied, dit Agatha. Ça nous fera une trotte pour rentrer.

– S'il est gentil, nous demanderons au garde-chasse de nous reconduire jusqu'à la grille. Ah, voilà le fameux virage. Le domaine est bien entretenu. Tolly ne devait pas regarder à la dépense. Et voici le cottage. Encore un pavillon imitant le style Tudor, comme sur presque tous les domaines d'Angleterre. La cheminée fume, c'est bon signe. »

Charles frappa à la porte. Pas de réponse. La nuit tombait rapidement, la pluie aussi. Soudain, le vent s'arrêta. On n'entendait plus d'autre bruit que le crépitement de la pluie sur les feuilles d'un buisson de laurier, près de la porte.

« Je crois que nous nous sommes déplacés pour rien, dit Agatha.

– Ce serait vraiment la barbe. » Charles frappa à nouveau et poussa la porte qui s'entrouvrit lentement en grinçant. Ils se regardèrent, puis leurs yeux revinrent sur la porte ouverte.

« Allons fouiner, dit Charles avec délectation. Au moins, nous serons à l'abri de la pluie.

– Je ne crois pas que... » commença Agatha, mais Charles avait déjà franchi le seuil.

Elle le suivit dans une minuscule entrée. Il poussa une porte sur sa droite, la referma aussitôt.

« Ne regarde pas, Aggie. Je vais vomir. » Et il se rua au-dehors.

Mais Agatha, ne résistant pas à la curiosité, ouvrit la porte. Le garde-chasse – ou plutôt ce qu'il en restait – était affalé dans un fauteuil. La plus grande partie de sa tête avait été arrachée par un coup de feu. Agatha s'agrippa au chambranle et réussit à sortir sans savoir comment. Charles, debout, avait levé son visage blafard pour l'offrir à la pluie.

Agatha se laissa tomber sur le pas de la porte puis elle appela police-secours et une ambulance sur les lieux. Elle se demanda plus tard pourquoi elle avait mobilisé une ambulance alors qu'il n'y avait manifestement plus rien à faire pour Paul Redfern.

James Lacey alluma la télévision à l'heure des infos du soir. La livre remontait, on réclamait au gouvernement une réduction des taux d'intérêt, et un gros ministre écossais rétorquait que l'exécutif savait ce qu'il faisait. James saisit la télécommande pour éteindre quand arriva la séquence d'actualités suivante, retransmise depuis le Norfolk. « Sir Charles Fraith et Mrs Agatha Raisin ont été emmenés au commissariat central aujourd'hui pour y être entendus dans le cadre de l'enquête. La police a précisé qu'il n'y avait eu aucune inculpation. » Puis on voyait Charles, un bras protecteur autour des épaules d'Agatha. Ils avaient vraiment l'air d'un couple. James éteignit la télévision et regarda fixement le mur en face de lui. Il se sentait contrarié et seul.

Des questions, encore des questions, toujours des questions. Puis retour au commissariat central pour y faire leurs dépositions. Affamés, fatigués, et passablement secoués, Agatha et Charles furent enfin autorisés à regagner leur motel. Sur le chemin du retour, ils achetèrent une pizza et la mangèrent en silence dans leur salon.

Agatha prit enfin la parole.

« Pourquoi lui ?

— Il devait savoir quelque chose, avança Charles. Et maintenant, nous ne saurons jamais quoi. J'ai pensé que le préposé à l'entretien — Joe Simons — pouvait être le coupable, mais d'après la police il était au manoir juste avant qu'on ne le croise, à réparer des robinets. Allons nous coucher, nous reprendrons tout cela demain matin. Je te laisse la salle de bains. »

Agatha prit un long bain chaud, puis passa une chemise de nuit en finette. Elle se mit au lit et essaya de lire pour conjurer les horribles images du cadavre.

Charles, ayant terminé sa toilette, vint se coucher. Il prit un livre de poche sur sa table de chevet et entreprit lui aussi de lire. En entendant un sanglot étouffé, il se pencha sur Agatha. Elle avait le visage inondé de larmes.

« Je veux rentrer chez moi, sanglota-t-elle.
– Chut. Viens là. » Il passa les bras autour d'elle et l'attira contre lui.

Agatha se mit à l'embrasser éperdument. Un gentleman ne profiterait pas de la situation, articula une voix lointaine au fond de la conscience de Charles, mais il était lui aussi effrayé et secoué, et il passa outre.

Quand Agatha se réveilla au matin, les événements de la veille affluèrent dans son esprit. Elle récupéra sa chemise de nuit froissée au pied du lit, l'enfila et s'en fut dans la salle de bains, raide et endolorie. Leurs ébats avaient été très vigoureux, un peu comme s'ils avaient essayé d'expulser de leur cerveau les horreurs de la journée.

Lorsqu'elle revint dans la chambre, plutôt gênée, Charles déclara calmement : « Ah quand même. J'ai cru que tu allais y passer la journée. »

Et il lui succéda dans la salle de bains. Agatha s'habilla chaudement. Elle donna à manger aux chats et remplit leur écuelle d'eau.

Si elle fut d'abord soulagée que Charles ne fasse aucune allusion à leurs activités nocturnes, elle en éprouva peu à peu un certain agacement : il aurait au moins pu dire quelque chose. Après avoir fait du café, il déclara :

« Je crois que mieux vaut encore éviter Fryfam

un moment. Nous devrions aller voir si nous pouvons parler à Lizzie.

— Pourquoi ?

— Je ne sais pas trop. Mais elle qui a été la maîtresse de Tolly, elle doit en savoir long sur lui et a sans doute des informations susceptibles de nous intéresser.

— Très bien, dit Agatha sans le regarder.

— Ne t'attends pas à me voir jouer les amoureux transis avec toi, Agatha Raisin. Mais quand même, dans tes moments de passion, tu pourrais avoir la décence de te souvenir de mon prénom.

— Pardon ?

— "Oh, James, James !" singea-t-il. On se retrouve à la voiture. »

Agatha se sentit rougir des pieds à la tête. Si seulement elle pouvait fuir et oublier toute cette affaire.

Lizzie Findlay était chez elle, à Norwich. Elle les fit entrer dans un petit appartement bien tenu.

« Comment va Tommy ? demanda-t-elle.

— Tommy ? fit Agatha, surprise.

— Mon mari.

— Je ne sais pas. Pourquoi ?

— Je ne peux pas m'empêcher de me demander comment il se débrouille sans moi, dit Lizzie en souriant timidement à Charles. Il ne sait pas faire la cuisine, par exemple. Vous, les hommes, vous êtes désespérants.

— Charles sait cuisiner, rétorqua Agatha. Nous essayons toujours désespérément de découvrir qui a bien pu tuer Tolly. Et maintenant Paul Redfern.

— C'est un cauchemar, fit Lizzie. Qui pouvait en vouloir à Paul ?

— Peut-être savait-il quelque chose… Ou faisait-il chanter quelqu'un, dit Charles. Il avait servi de témoin pour la signature du testament.

— Tout nous ramène toujours à Lucy, conclut Agatha à regret. Elle ferait un coupable idéal.

— Mais elle a un alibi. Tolly soutenait que ça convenait très bien à Lucy d'être sa femme. » Lizzie se leva et se mit à arpenter la pièce. « Chaque fois qu'ils se disputaient, elle partait s'acheter quelque chose de très cher pour le punir. Je lui ai demandé pourquoi il ne faisait pas opposition à ses cartes de crédit de façon à contrôler ses dépenses. Jamais Tommy ne m'a laissé avoir de carte bleue. Tolly a tergiversé et promis qu'il s'en occuperait. Je ne crois pas que, vers la fin, il tenait particulièrement à moi. Ce qui lui plaisait, c'était de tromper sa femme. Et je vais vous dire autre chose. Au dernier dîner de chasse avant sa mort, il est arrivé avec Lucy à son bras. Elle portait une robe de style Liz Hurley au décolleté plongeant, fendue des deux côtés. Les hommes n'avaient d'yeux que pour elle et je crois que Tolly était fier.

— Comment vous débrouillez-vous financièrement ? s'enquit Charles.

— Il me reste un peu d'argent d'un héritage, et

j'ai postulé pour un travail dans un supermarché. Ils engagent des seniors.

— Est-ce que Tolly a fait allusion à des ennemis ?

— Non, il cherchait tellement à se faire accepter dans la région qu'il se gardait de contrarier qui que ce soit.

— Et dans son passé ? Il n'y a rien de suspect non plus ? »

Lizzie secoua la tête. « Pas que je sache. J'espère vraiment que Tommy va bien.

— Je ne comprends pas pourquoi vous vous souciez de votre mari, dit Agatha non sans curiosité. Il vous a fait mener une vie de chien.

— L'avantage, c'est qu'avec lui j'étais très occupée, soupira Lizzie. Pendant la journée, je n'arrêtais pas. Le ménage, la cuisine, la pâtisserie pour les kermesses à l'église et ainsi de suite. Je ne suis pas habituée à ne rien faire. Peut-être que si je travaille, j'irai beaucoup mieux.

— Vous êtes sûre que votre mari n'a pas tué Tolly ?

— Ce n'est pas impossible. Mais jamais il n'aurait tué Paul. Il l'admirait. Il disait que c'était un garde-chasse exceptionnel. »

Agatha étudia subrepticement Lizzie. Et elle, pouvait-elle avoir tué Tolly ? Il fallait avoir le cœur bien accroché pour se glisser derrière un homme et lui trancher la gorge. Tolly devait avoir entendu un bruit et être sorti de sa chambre pour voir ce que c'était. Cela dit, un bras autour du cou, une bascule de la tête en arrière et couic ! Elle sentait que les dehors placides de Lizzie recelaient des profondeurs insoupçonnées et mystérieuses.

Voyant qu'Agatha l'observait, Lizzie déclara : « Excusez-moi, mais je ne peux vous consacrer plus de temps. Je suis très occupée.

– Et à quoi ?

– Allez viens, Aggie », coupa Charles.

Lorsqu'ils eurent quitté l'appartement, Agatha demanda : « Alors, qu'est-ce que tu as pensé de tout ça ? Je suppose que tu t'es laissé avoir par ce numéro de ménagère inoffensive.

– Au contraire. Je me répétais qu'elle ferait une excellente meurtrière.

– J'ai des doutes, moi aussi. Mais aurait-elle été assez forte pour liquider Tolly ?

– Son corsage à manches courtes lui découvrait les bras. Tu as remarqué comme ils étaient musclés ? Si elle a tué Paul, elle doit savoir se servir d'un fusil de chasse.

– Je n'ai pas vraiment pris le temps de me poser pour réfléchir à tout ceci.

– Ça alors, comme Poirot ? Tu vas faire travailler tes petites cellules grises, Agatha ?

– Remballe tes sarcasmes ! Retournons au motel et essayons de rassembler toutes nos infos. »

Après avoir été accueillis avec effusion par les chats, ils s'installèrent devant des feuilles de papier.

« On ne se dit rien, proposa Agatha. Chacun

essaie de son côté et ensuite, on comparera nos résultats. »

Elle nota tout ce qu'ils avaient découvert, si restreint que ce fût, et relut ce qu'elle avait écrit. Après quoi, elle dévisagea Charles, qui mâchonnait le bout d'un crayon en examinant ses notes, sourcils froncés. Agatha éprouva une soudaine bouffée de désir, puis elle frissonna. Hors de question. Il y avait quelque chose d'humiliant dans ces coups d'un soir, peut-être parce qu'elle n'appartenait pas à la bonne génération. Elle avait lu quelque part que les jeunes femmes n'éprouvaient ni remords ni culpabilité. Ah, les liaisons ! Celle de Lizzie avec Tolly. Lucy avait eu des soupçons. Si elle avait découvert la vérité, elle aurait eu un bon motif de divorce, et de quoi obtenir celui-ci à son avantage. Qui était véritablement Lucy ? Agatha l'avait cataloguée comme une blonde vénale et sans cervelle. Mais les gens n'étaient jamais aussi simples que ça. C'était une mauvaise habitude de les réduire à des stéréotypes. Cela vous empêchait de regarder au-delà des apparences. Quelqu'un avait eu peur d'elle et de Charles, quelqu'un avait redouté qu'ils ne découvrent la vérité. Mais qui ? Rien n'avait été volé. On n'avait pas essayé de faire passer la fouille pour un cambriolage. Ce qui indiquait beaucoup d'assurance de la part du coupable. Non, erreur. Une personne pleine d'assurance n'aurait pas eu peur au point de commettre une effraction. Et pourquoi avoir déposé le Stubbs chez elle ?

Agatha écrivit LUCY en majuscules, puis regarda fixement ces quatre lettres. Mais Lucy n'était pas à Fryfam au moment critique. Soit. Alors, pourquoi ne pas laisser libre cours à son imagination ? Admettons que Lucy ait appris l'existence d'un autre testament et volé le Stubbs. Un événement lui fait perdre les pédales. Tolly veut divorcer. Très bien, en quoi cela aurait-il pu l'affecter, à partir du moment où le divorce était prononcé aux torts exclusifs de son mari ? Mais si elle voulait tout récupérer ?

Alors elle tue Tolly. Mais pourquoi Paul Redfern ?

« Tu as bien avancé ? s'enquit Charles.

– Échangeons nos notes », proposa Agatha.

Elle commença à lire l'écriture très soignée de Charles :

« Pourquoi Mrs Jackson est-elle aussi loyale ? Est-ce que Lucy a acheté son silence ? La fait-elle chanter ? Mais Lucy ne peut pas avoir commis le meurtre. »

« C'est tout ? demanda Agatha.

– Mmm... Attends un peu, je finis de lire tes notes. Tu ne parles ni de Lizzie, ni du capitaine Findlay.

– Parce que Lizzie a dit que le capitaine admirait Paul.

– Mais moi, je tiens une piste intéressante avec le chantage. Cela expliquerait le retour du Stubbs.

– Je ne vois pas pourquoi.

– Si, insista Charles en tapotant de son crayon

la feuille d'Agatha. Gardons le chantage en tête. Mrs Jackson et Redfern connaissent l'existence de l'autre testament. Ils ont servi de témoins. Mettons que Redfern en parle à Lucy. Elle pique le tableau. Il se passe alors quelque chose qui la pousse à tuer son mari. Redfern se pointe et lui dit : "Si vous ne me donnez pas d'argent, je divulgue l'existence de cet autre testament." Lucy fait son calcul : "Avec le magot, je n'ai pas besoin du tableau. Et je ne veux pas qu'on me fasse chanter." Alors elle se débarrasse du Stubbs en le déposant chez nous. Sur ce, Redfern se pointe à nouveau et la menace : "Si vous ne me payez pas, je dirai à la police que c'est vous qui aviez volé le tableau." Et elle lui tire dessus avec le fusil de chasse.

— Si seulement elle n'avait pas cet alibi en béton », répliqua Agatha. Brusquement, elle pensa à James. Pourquoi ne lui avait-il pas téléphoné ? Peut-être était-il justement en train d'essayer. « La presse devrait s'être un peu calmée à présent, reprit-elle. Rentrons au cottage. Si nous voulons dénicher des preuves, c'est à Fryfam qu'elles se trouvent.

— Je ne serais pas fâché de quitter ce motel, soupira Charles. Mais les journalistes seront toujours là à fouiner. Tu penses bien que cette histoire est encore d'une d'actualité trop brûlante pour qu'ils lâchent l'affaire. Attendons demain matin pour rentrer. »

De retour à Fryfam, Agatha éprouva un peu d'appréhension avant de pénétrer dans le cottage.

Elle n'y mit un pied que lorsque Charles eut inspecté chaque pièce et vérifié qu'il n'y avait pas d'agresseurs cachés sous les lits ni de cadavres.

Une fois rassurée, elle laissa sortir les chats dans le jardin. Barry Jones, qui était en train de ratisser les feuilles mortes, la héla.

« J'ai emprunté le trousseau de clés de Mrs Jackson et je suis entré dans la cuisine pour me faire une tasse de thé. J'espère que ça ne vous dérange pas. »

Agatha traversa le jardin pour aller le rejoindre.

« Vous appelez toujours votre mère "Mrs Jackson" ? demanda-t-elle.

– Seulement avec les gens qui n'ont pas fait le rapprochement. Ça prête à confusion, qu'on n'ait pas le même nom.

– Il était comment, votre père ?

– Sais pas. Il s'est tiré juste après ma naissance. »

Quand Agatha revint dans la cuisine, Charles lança :

« Alors, tu baratinais l'Adonis des jardins ?

– Il est canon, hein ?

– Ce serait un toy-boy idéal pour toi.

– J'y songerai, rétorqua sèchement Agatha. Et maintenant, qu'est-ce qu'on fait ?

– Je vais regarder une ânerie quelconque à la télévision. Si je m'obstine à penser à l'affaire sans arrêt, je n'aboutirai jamais à rien. »

Agatha se retira dans sa chambre et ferma la porte. Elle attendit que Charles ait allumé la télévision en bas, puis sortit son portable et appela Mrs Bloxby.

« Ah, grands dieux, qu'est-ce qui vous est arrivé ? »

La sonnette retentit au rez-de-chaussée.

« Attendez une minute », dit Agatha, qui entrebâilla sa porte et passa la tête au-dehors.

« C'est la presse, cria Charles. Je ne vais pas ouvrir. »

Agatha rentra dans sa chambre. « C'était la presse, dit-elle à Mrs Bloxby.

– Cela ne devient pas dangereux pour vous de rester là-bas ?

– Je ne risque rien tant que le village est pris d'assaut par la police et les journalistes. Quoi de neuf à Carsely ?

– Tout est très calme.

– Comment ça va pour James ?

– Très bien. Il s'est lié d'amitié avec Mrs Sheppard, dont je vous ai parlé.

– Ah oui, la blonde envahissante.

– Elle n'est pas envahissante du tout et c'est une femme très amusante. Quelles sont les dernières nouvelles ? Je vous ai vue avec Charles au journal télévisé. »

Agatha lui raconta tout sur le second testament, Lizzie et le capitaine, et l'impasse où ils étaient dans leur recherche de suspects et de mobiles. Puis elle lui donna un compte rendu détaillé de l'affaire depuis le début, et termina en disant :

« Il nous faudra peut-être creuser davantage. Finalement, le coupable pourrait être l'un des membres de la chasse. Quant à cette Lizzie, je la soupçonne d'être une vraie garce, derrière ses airs de victime et de femme dominée. Elle a même essayé de faire du charme à Charles.

– Et ça vous a agacée ?

– Bien sûr que non. Je n'ai pas de vues sur Charles. Mais j'ai trouvé ça un peu incongru.

– Comment le Stubbs est-il arrivé chez vous ? Je veux dire, comment a-t-on pu entrer ?

– Charles avait oublié de fermer à clé.

– Et la fois précédente, quand on a fouillé votre maison ? Il y a eu effraction d'une porte ou d'une fenêtre ?

– Non. Quelqu'un doit avoir une clé.

– Est-ce que l'une des personnes potentiellement mêlées à cette affaire travaille à l'agence immobilière ?

– Oui. Amy Worth. Mais ça ne peut pas être elle.

– Pourquoi ?

– Quel mobile pourrait-elle avoir ?

– Ce ne sont pas les passions secrètes qui manquent dans ce village. Ce doit être la faute du climat épouvantable du Norfolk. Une fois les estivants partis, ces femmes n'ont pas grand-chose à faire, sauf penser à mal. Et Satan trouve toujours de quoi occuper les mains oisives.

– Ma foi, c'est vrai, ce que vous dites.

– Est-ce que votre femme de ménage a la clé ?

– Oui, mais pas depuis longtemps.
– Elle l'a eue avant le retour du Stubbs ?
– Je crois, oui. Je vous remercie, vous m'avez donné des idées.
– Vous avez un message pour James ? demanda Mrs Bloxby, toujours bourrelée de remords.
– Je n'en vois pas l'utilité, maintenant qu'il a ce modèle de toutes les vertus pour le distraire. »

James était au pub de Carsely, le Red Lion, en compagnie de Mrs Sheppard. Malgré le froid, elle portait une robe de mousseline rouge sans manches. Ses cheveux blonds et lisses étaient brillants. Elle passait son temps à les renvoyer en arrière d'un coup de tête tel un mannequin vantant les mérites d'un shampooing dans une pub. James commençait à s'ennuyer ferme. Si seulement il avait en face de lui l'irascible Agatha Raisin. Elle pouvait être exaspérante, ça oui, mais ennuyeuse, jamais.

Agatha rapporta à Charles la teneur de sa conversation avec Mrs Bloxby, hormis ce qui concernait James.

« Il y a tant de gens mêlés à l'affaire, déplora-t-il, tant de suspects. J'ai bien envie de rentrer. Pas toi ? La police n'a rien pour nous retenir ici. »

Mais brusquement, rentrer à Carsely ne tentait plus Agatha. Elle imaginait déjà James fiancé à Mrs Sheppard. Et elle n'avait pas envie de se retrouver seule à Fryfam après le départ de Charles.

« Restons encore un peu. » Et, voyant Charles mettre son manteau, elle demanda : « Où vas-tu ?

— Acheter des verrous. Un pour la porte d'entrée et un pour celle de derrière. Si tu profitais de mon absence pour passer à l'agence immobilière, histoire de bavarder un peu avec Amy ?

— Soit. Mais ça m'étonnerait qu'elle ait d'autres préoccupations que le patchwork et la vie paroissiale. »

Agatha se mit en route. Le vent était froid, le sol gelé et glissant. Elle traversa avec précaution la place et entendit son nom. Rosie Wilden, debout devant le pub, lui faisait signe de s'approcher. Agatha revint sur ses pas.

« Entrez donc, Mrs Raisin. Je vous ai préparé un flacon de mon parfum.

— Merci, dit Agatha, qui la suivit dans le pub obscur.

— On n'est pas encore ouverts, expliqua Rosie. Où allez-vous comme ça ?

— Voir Amy Worth à l'agence immobilière.

— Vous feriez bien de vous dépêcher, parce qu'ils ferment à cinq heures et demie et qu'il est bientôt l'heure. Voici votre parfum.

— Merci infiniment. Vous êtes sûre que je ne vous dois rien ?

— Non, ça me fait plaisir. »

Agatha partit à la hâte, se disant qu'elle devait faire un cadeau à Rosie pour la remercier du parfum et du repas qu'elle lui avait offerts.

Lorsque Agatha arriva, hors d'haleine, Amy fermait l'agence.

« Qu'est-ce qui se passe ? demanda-t-elle.

— Rien de nouveau. Je trouve qu'il s'en est déjà passé bien assez. Je voulais juste bavarder.

— J'habite à côté de chez Harriet. Raccompagnez-moi et nous prendrons une tasse de thé. »

La maison d'Amy, plus petite que celle de Harriet, était un bungalow des années trente recouvert de crépi à l'aspect granité, et qui détonnait au milieu des maisons anciennes de Fryfam.

« Votre mari est là ? demanda Agatha, suivant Amy dans sa cuisine.

— Non. Jerry travaille tard. Asseyez-vous. Thé ou café ? Ou quelque chose de plus fort ?

— Du café, avec plaisir. Cela vous ennuie si je fume ?

— Ma foi oui.

— Alors, tant pis, dit Agatha en remisant dans sa poche le paquet qu'elle venait d'en sortir. J'ai beau essayer de découvrir qui a tué Tolly et Paul Redfern, je n'arrive à rien.

— Ce n'est vraiment pas à vous de faire ça », fit Amy.

Agatha remarqua qu'un fil pendait de l'ourlet de sa jupe informe et hésitait à le lui dire, quand Amy continua en gloussant : « Alors, racontez-moi tout sur sir Charles et vous. »

Une lueur des plus salaces était apparue dans ses yeux pâles.

« Je n'ai rien à raconter, répliqua Agatha, sur la défensive. Mais comme dans ce village il s'en passe des vertes et des pas mûres, vous pensez tout naturellement que tout le monde est comme vous. » Une vision brève des mains soignées de Charles sur son corps lui traversa l'esprit, et pour la chasser, elle lança sur le ton de la plaisanterie : « Tenez, vous, par exemple, je sais tout sur vous ! »

Amy, qui venait de soulever la bouilloire pour verser l'eau dans deux mugs de café, la laissa tomber et fit un bond en arrière pour éviter l'eau bouillante, qui inonda le sol de la cuisine.

« La garce ! siffla-t-elle. Comment l'avez-vous su ? C'est la mère Jackson, hein ? »

Agatha la regarda, les yeux écarquillés de surprise. Dehors, un vent impitoyable faisait cogner les branches nues et sèches d'un arbre contre la fenêtre. Au loin, on entendait les aboiements d'un chien et des rires d'enfants. Les mystérieux petits Jackson ?

« Asseyez-vous, dit Agatha. Je vais vous aider à éponger tout ça. Je plaisantais. Je ne savais rien, mais maintenant, vous avez piqué ma curiosité. À la réflexion, je n'ai pas besoin de savoir qui c'est, sauf s'il s'agit de Tolly. »

Amy s'affala sur une chaise devant la table de la cuisine, les pieds dans une mare d'eau.

« Autant vous dire la vérité. Ça n'a rien à voir avec toute cette affaire. C'est Mr Bryman.

— Votre patron ? L'agent immobilier ? » s'exclama

Agatha, sidérée. Le très peu séduisant Mr Bryman, avec sa peau moite. « Et où vous retrouvez-vous ? Ici, quand Jerry n'est pas là ?

– Non. Cecil, Mr Bryman, trouve que c'est trop dangereux. Au bureau, quand il n'y a personne. »

Où ? se retint de demander Agatha. Sur le bureau ? Derrière les rangées de classeurs ? Ça la laissait perplexe...

« Vous ne direz rien ? implora Amy. Ce n'est pas sérieux.

– Non, mais expliquez-moi ce que vient faire Mrs Jackson dans tout ça.

– Elle est au courant. Elle vient nettoyer le bureau une fois par semaine ; et un soir, elle nous a surpris. Elle a expliqué qu'elle était convoquée à l'école le lendemain matin parce qu'un de ses enfants était en difficulté, alors elle avait décidé de venir faire le ménage la veille. Elle a une clé, bien entendu.

– Je commence à trouver que Mrs Jackson détient un sacré paquet de clés de ce village. Allez, laissez-moi vous aider à éponger toute cette eau.

– Ne vous dérangez pas, je le ferai.

– Et qu'est-ce qu'elle a dit, Mrs Jackson ?

– Rien sur le moment. Mais elle est passée un jour où Cecil était sorti, et elle s'est mise à faire des allusions à mon mari, à laisser entendre que ce serait très ennuyeux s'il l'apprenait. Je ne sais pas si elle avait l'intention de me faire chanter, toujours est-il que je lui ai rétorqué : "Attention à ce que vous dites. J'ai un magnétophone qui enregistre la conversation, et si vous me faites chanter, j'irai tout droit à la police." Je n'avais pas de magnétophone, mais elle n'en savait rien. Elle s'est troublée et m'a répondu qu'elle se demandait comment je pouvais penser des horreurs pareilles. Qu'elle avait de la moralité et bla-bla-bla. Oh, Seigneur ! Voilà Jerry qui rentre. Il vaut mieux que vous partiez. Jamais il ne vous a pardonné cette soirée au pub.

– Je m'en vais », dit Agatha, qui adressa un pâle sourire à Jerry lorsqu'il entra dans la cuisine. Pour toute réponse, il la fusilla du regard.

Tout en retraversant la place, les idées se bousculaient dans son cerveau. Il fallait qu'elle raconte ça à Charles. Sa promesse de n'en parler à personne n'incluait pas Charles, bien évidemment.

La solution des deux meurtres était là, au fond de son esprit. Restait à regarder les choses sous un angle différent.

8

Charles était étendu sur le canapé, les chats sur ses genoux, quand Agatha fit irruption dans le salon en criant : « Je crois que je tiens quelque chose, mais je ne saurais pas te dire quoi. »

Charles posa avec douceur les chats sur le sol et fit basculer ses jambes pour se remettre en position assise.

« Assieds-toi, Agatha, et arrête de rouler des yeux comme des billes de loto ! Je te sers un verre. »

Elle s'installa sur le canapé. Charles lui tendit un gin tonic et se versa un whisky.

« Alors, qu'a dit Amy pour te mettre dans un état pareil ? »

Agatha rapporta tout ce qu'elle avait appris.

« Intéressant, dit Charles. Pas sa liaison, à laquelle je préfère ne pas penser, mais ce qu'elle t'a dit sur Mrs Jackson. Si c'est vrai, qui d'autre aurait-elle pu faire chanter ?

— Lucy. Retour à la case départ. Mais j'ai l'impression que nous avons pris les choses par le mauvais bout.

– Possible. Mrs Jackson est témoin du second testament. Elle en parle à Lucy. Oublions pour l'instant l'alibi de celle-ci. Mrs Jackson la fait chanter.

– Quel rapport avec Paul Redfern ?

– Je n'en sais rien. Arrête de me poser des colles. Et laisse-moi réfléchir. »

Ils discutèrent un bon moment, sans avancer. Finalement, ils résolurent de dîner et de se coucher de bonne heure. Agatha ne parvint pas à trouver le sommeil. C'était bizarre, cette liaison d'Amy. Agatha commença à se demander si elle faisait partie de ces prudes sentimentales qui vivent dans leurs fantasmes. Peut-être les jeunes n'étaient-ils pas les seuls à pratiquer sans état d'âme le sexe pour le sexe. Mais peut-être Amy était-elle amoureuse de son Cecil.

Ses pensées se tournèrent vers Lucy. Elle avait soupçonné son mari d'avoir une liaison avec Rosie Wilden. À ceci près que ce n'était pas de la patronne du pub mais de Lizzie qu'il était l'amant. Ensuite, Lucy avait semblé vouloir oublier l'allusion qu'elle avait faite au sujet de ses doutes. Et d'abord, pourquoi lui avait-elle demandé d'enquêter sur son mari, à elle qu'elle ne connaissait pas et qui n'était pas une détective professionnelle ?

Et si – juste pour le plaisir du raisonnement –, et si Lucy elle-même avait une liaison ? Reprenons les choses en sens inverse. Elle veut l'argent et la liberté de partir avec son amant. Elle incite l'amant à liquider le mari. Elle apprend l'existence du testament par Mrs Jackson et elle vole le Stubbs. Jusqu'à présent, ça tient debout. Mais qu'est-ce qui la pousse à se débarrasser du tableau, alors que l'argent de l'assurance viendra s'ajouter à ce qu'elle touchera ? Et Paul Redfern ? Il a été tué après la découverte du second testament. Peut-être savait-il quelque chose. Peut-être avait-il lui aussi décidé de la faire chanter...

Agatha gémit et sortit du lit. Elle alla dans la chambre de Charles et le secoua pour le réveiller.

« Ah, quand même ! dit-il avec un sourire, en ouvrant les yeux. Je n'osais plus l'espérer.

– Il s'agit bien de ça ! Écoute, Charles, je crois que j'ai une piste. »

Avec un soupir, il se leva.

« Descendons et voyons où ça nous mène. »

Dans le salon, il entassa des bûches sur les cendres rougeoyantes de l'âtre : « Je t'écoute. »

Agatha lui fit part de ses pensées enchevêtrées et termina par : « Tu comprends, si Lucy avait un amant, tout deviendrait logique.

– Cette Mrs Jackson ne m'a jamais plu, conclut Charles. Si Lucy avait un amant, ce pourrait être un membre de la chasse auquel nous n'avons même pas pensé. »

Agatha se pencha en avant dans son fauteuil.

« Attends une minute. Les membres de la chasse

sont riches dans l'ensemble. Lucy aurait juste eu besoin de divorcer de Tolly et d'épouser son amant.

– Et s'il était déjà marié ?

– Alors pourquoi assassiner Tolly ?

– Exact. Et si l'amoureux était un homme du village ? »

Ils se regardèrent.

« Si c'était le jardinier : Barry Jones ? s'écria Agatha. Et c'est le fils de Mrs Jackson. Qui raconte partout que Lucy et Tolly s'adoraient. Ceci étant, aux dires de tous, Lucy ne pouvait pas la sentir. Or si Lucy était la maîtresse de son fils, Mrs Jackson avait des raisons de la couvrir. Un mariage entre Barry et la riche Lucy aurait été financièrement intéressant pour elle. Alors admettons que Paul Redfern ait su quelque chose et essayé de faire chanter Lucy. Elle en parle à Mrs Jackson, et Barry abat le garde-chasse pour s'assurer de son silence. On appelle la police ?

– Arrête, Aggie. Ils nous prendront pour des fous. Quelle preuve avons-nous que Barry était l'amant de Lucy ?

– Quelqu'un doit bien être au courant dans ce village. C'est un tout petit monde. Barry était jardinier au manoir. Ils auraient eu toute latitude pour se retrouver, d'autant que Tolly était souvent parti pour rejoindre Lizzie. Il a passé un mois entier avec elle. Quel prétexte a-t-il donné à Lucy ? À moins qu'il se soit contenté d'effeuiller la marguerite avec sa maîtresse dans la journée, rentrant chez lui chaque soir. »

Charles soupira. « Je crois qu'on n'ira pas beaucoup plus loin aujourd'hui. J'ai une idée. Allons voir Rosie Wilden demain matin avant l'ouverture du pub. Je parie qu'elle est au courant de tout ce qu'on raconte dans ce village. »

Quand Agatha ouvrit les yeux le lendemain, tout était blanc au-dehors. Il y avait eu de fortes gelées pendant la nuit et le paysage étincelait sous un pâle soleil. Même les toiles d'araignée sur le buisson voisin de la porte de la cuisine étaient complètement recouvertes de givre.

Il faisait un froid polaire dans le cottage. Agatha alluma les radiateurs à gaz et prépara du café avant de réveiller Charles. Elle ne voyait pas pourquoi il pourrait rester au lit et n'en sortir qu'une fois la maison bien chaude. Agatha Raisin n'aimait pas souffrir seule.

« Tout paraissait couler de source la nuit dernière, se lamenta-t-elle. Et maintenant, ça m'a l'air complètement saugrenu.

– Ne t'en fais pas. Nous verrons bien ce que Rosie nous dit. En attendant, prenons un bon petit déjeuner. »

Ils se mirent en route une heure plus tard. Le soleil n'était plus qu'un petit disque rouge très haut dans le ciel, caché derrière une mince couche de brume.

« Il peut bien y avoir encore trente-six assassinats, je rentre chez moi pour Noël, déclara Charles.
– Noël, répéta Agatha. On dirait déjà une carte postale de Noël ici.
– Je suppose que si on frappe à la porte du pub, personne ne répondra, dit Charles. Rosie pensera sans doute que c'est un ivrogne quelconque. Essayons la porte de service. »

Ils prirent un passage sur le côté du pub, franchirent une grille et arrivèrent dans un jardin où des chaises et des tables étaient épars. « Elle doit ouvrir cette terrasse au public l'été », dit Agatha.

Ils entendirent des bruits de vaisselle en provenance de la cuisine et Charles frappa à la porte. Agatha nourrit le bref espoir de voir une Rosie mal fagotée et en bigoudis leur ouvrir, mais celle qui le fit était l'image même de l'idéal féminin pour un homme. Elle avait relevé son épaisse chevelure blonde en chignon sur le sommet de son crâne, et elle portait un tablier à volants par-dessus un chemisier en lin fraîchement repassé sur une jupe bien coupée. Elle tenait sous le bras un saladier.

« Entrez donc, dit-elle. Je faisais des gâteaux, mais j'allais justement m'arrêter un petit moment. » La grande cuisine, chaude et accueillante, sentait la pâte en train de cuire et les épices. Une vieille femme se leva quand ils entrèrent.

« Ma mère, fit Rosie.

– Je vais monter », glissa celle-ci en rassemblant son tricot et ses pelotes de laine.

Rosie les invita à s'installer et leur offrit du café.

« Nous sommes venus voir si vous aviez entendu certains commérages », lança Agatha, allant droit au but. Charles se dit – et ce n'était pas la première fois – qu'Agatha avait toute la subtilité d'un rhinocéros qui charge.

« Ma foi, ma bonne Mrs Raisin, je ne sais pas trop. » Elle versa du café dans deux grands bols, et sortit de la cuisinière une plaque de scones tout chauds. « J'entends beaucoup de ragots, mais ils entrent par une oreille et sortent par l'autre. Je trouve ça plus sage, si vous voyez ce que je veux dire. »

Elle posa un petit morceau de beurre frais dans un ravier et fit glisser les scones sur une assiette. « Servez-vous, dit-elle. Je crois que ma confiture de cassis irait très bien avec. »

Elle s'assit près d'eux et fit à Charles un lent sourire chaleureux. Cela irrita Agatha, qui continua donc, au mépris du tact le plus élémentaire :

« Est-ce que Lucy Trumpington-James fricotait avec quelqu'un du village ? »

Les yeux bleus de Rosie se voilèrent alors comme le ciel du dehors sous sa couche de brume. Après une brève hésitation, elle répondit :

« Auquel cas, c'étaient ses affaires, si vous voyez ce que je veux dire.

– Allez, vous pouvez bien nous donner l'info ! plaida Agatha.

– Non, je ne crois pas. Si je parlais de la vie privée des gens, je n'aurais plus de clients.

– Lucy ne fréquentait sûrement pas le pub.

– Non, mais il y en a d'autres qui le font.

– Vous voulez dire que son amant faisait partie de vos clients ? s'exclama Agatha. Ça restreint le champ des recherches. Il n'y a que les gens du village qui viennent boire ici, pas les membres de la chasse à courre.

– À vous entendre, on dirait que les riches aristocrates sont les seuls à chasser, rectifia Rosie. Mr Freemantle, Mr Dart et Mr Worth sont tous les trois chasseurs. Et Mrs Carrie Smiley aussi. Et elle a une sacrée allure, en costume de chasse. »

Agatha se pencha.

« Vous, vous savez quelque chose.

– Rien du tout, dit vivement Rosie. Votre café est en train de refroidir.

– Tu n'as pas laissé tes chats dans le jardin, Agatha ? Ils vont s'abîmer les pattes avec ce gel. Tu devrais aller les rentrer », argumenta Charles en la regardant benoîtement. Elle comprit qu'elle ferait mieux de le laisser mener la conversation puisqu'elle n'arrivait à rien. Elle affecta une mine inquiète, s'excusa auprès de Rosie et sortit.

Une fois dehors, elle hésita. Elle ne pouvait rester à proximité du pub en attendant Charles, mais par ailleurs elle n'avait guère envie de rentrer au cottage. Elle décida de s'éloigner du village et d'aller au lac, espérant que la marche lui éclaircirait les idées et l'aiderait à y mettre de l'ordre.

En s'approchant de la route qui menait en dehors du village, elle s'émerveilla du silence et du calme ambiants.

Les pins des deux côtés de la route semblaient tout prêts pour Noël avec leur couche de givre. Elle continua à marcher jusqu'en haut de la colline, d'où elle contempla la vaste perspective plate et silencieuse du Norfolk.

Au lac, elle s'assit sur une pierre horizontale. De la glace s'était formée sur les berges. Elle se demanda si les gens patinaient quand il était complètement gelé. Elle imagina des sorties patinage, avec Rosie en pourvoyeuse de vin chaud et de *mince pies*. Et si une visiteuse comme elle tombait par hasard sur une de ces scènes ? Elle envierait les participants et se dirait qu'ils menaient tous une vie tranquille, typiquement anglaise, sans se douter des passions bouillonnant sous la surface. Un petit vent rida le plan d'eau miroitant, et fit frissonner Agatha. Elle se leva. Elle ne pouvait pas aller plus loin dans ses réflexions sans avoir de preuves. Ce fut en arrivant à proximité des grilles du manoir qu'Agatha se souvint soudain de l'homme qui s'occupait de l'entretien. Comment s'appelait-il déjà ? Joe quelque chose. Un agent d'entretien avait-il un logement sur le domaine ? Elle tourna dans l'allée qui montait au manoir afin de bifurquer à l'embranchement menant au cottage de Redfern. Dans le virage, elle vit les rubans de police jaunes qui palpitaient au vent, et Framp qui montait la garde devant le manoir. Il tapait des pieds et se frottait les bras pour se réchauffer.

Agatha recula. Elle ne voulait pas que Hand la surprenne à parler avec le brigadier. Elle atteignait la bifurcation quand une petite fourgonnette s'arrêta à sa hauteur. Elle reconnut l'agent d'entretien.

« Vous cherchez quelque chose ? demanda-t-il. La police ne veut pas de presse ni de visiteurs par ici. Ah mais, attendez. Je ne vous ai pas vue le jour où Paul a été tué ?

– C'est moi qui ai découvert le corps, répondit Agatha.

– Alors qu'est-ce que vous voulez ? Mrs Trumpington-James en a assez des curieux. »

Agatha hésita à lui dire qu'elle aimerait lui poser quelques questions, puis renonça devant l'air soupçonneux et agressif de l'homme.

« Je suis une amie de Lucy Trumpington-James, déclara-t-elle d'un ton hautain. J'allais au manoir, mais je me suis trompée de chemin.

– C'est de ce côté-là », dit-il en indiquant avec son pouce une direction par-dessus son épaule. Agatha repartit. Elle s'arrêta un peu plus loin et tourna la tête pour regarder derrière elle. La camionnette était toujours là et l'homme l'observait dans son rétroviseur. Elle était obligée d'aller voir Lucy.

Sous le soleil, les fenêtres du manoir étaient rouges comme autant d'yeux accusateurs fixés sur elle.

Au premier coup de sonnette, la porte fut ouverte par Lucy, en épais pull torsadé irlandais et en jean. Avec son visage au naturel et ses cheveux attachés par un simple foulard en mousseline, elle paraissait plus douce et plus jeune.

« Je vous ai vue monter l'allée, dit Lucy. Bonne excuse pour faire une pause et prendre un verre. »

Agatha pénétra dans le vestibule et regarda les cartons de déménagement.

« Vous partez déjà ?

— Hélas, non. Pas tant qu'il y a des policiers plein la maison et que le meurtre n'est pas résolu. Ils refusent de me lâcher pour l'instant. » Elle entra dans le salon où Agatha la suivit. « Qu'est-ce que vous prenez ?

— Un gin tonic, s'il vous plaît.

— Je n'ai pas de glaçons.

— Peu importe. Il fait bien assez froid. »

Lucy lui tendit un verre et se versa un cognac bien tassé.

« Vous pouvez fumer. J'ai recommencé.

— Tant mieux ! s'exclama Agatha en sortant un paquet de cigarettes. Je suis juste venue voir comment vous alliez.

— Pas très bien, à vrai dire. Je croyais que tout serait très simple. Que je vendrais vite ici et partirais m'installer à Londres. Mais les flics tiennent absolument à s'assurer que je n'ai rien à voir avec le meurtre. »

Agatha but une gorgée de gin tonic avant de demander :

« Pourquoi ça ?

– Parce que j'hérite. L'un des inspecteurs a eu le culot de dire que le coupable était presque toujours le conjoint. Vous vous rendez compte ! » Elle exhala nerveusement une bouffée de cigarette. « Tout se passait normalement et il a fallu que ces crétins aillent tirer sur Paul.

– Ces crétins ?

– Des braconniers. C'est ce que j'ai dit à la police. Paul a poursuivi en justice plusieurs hommes du village et par ici, on a la rancune tenace.

– Saviez-vous que Tolly avait une liaison avec Lizzie ? » Agatha n'avait pas le sentiment d'avoir la moindre obligation de loyauté envers Lizzie. De plus, Lizzie avait quitté son mari avec armes et bagages dans une voiture de police, donc elle devait avoir parlé aux enquêteurs de la situation ; du moins, c'est ce que se dit Agatha pour se dédouaner.

« Non ! La bonne blague ! lança Lucy d'un ton amer. Lizzie Findlay, c'est un comble. Et on voudrait que je vive comme une bonne sœur ! Je m'étais demandé pourquoi Tolly ne me touchait plus. Tout s'explique maintenant. Jamais je n'ai pensé qu'il avait une liaison.

– Mais si ! Vous m'avez demandé de trouver des preuves.

– Ah, oui. Je croyais qu'il avait couché avec Rosie. Merde, j'aurais pu divorcer de ce vieux salaud et le laisser sur la paille. Sa sœur s'est pointée à l'enterrement et a fait un scandale.

– Je ne savais pas que l'enterrement avait eu lieu.

– La police n'a rien dit et moi non plus. J'en ai marre de la presse, et les inspecteurs aussi. Ça s'est passé au crématorium de Norwich. Un autre gin tonic ?

– Je n'ai pas encore fini. »

Lucy se leva et prit le verre d'Agatha.

« Je vais vous resservir. Je n'aime pas boire seule.

– Vous croyez que le mari de Lizzie a pu tuer le vôtre ? »

Lucy tendit à Agatha un verre plein à ras bord, bien chargé en gin, et se reversa du cognac. « Quelle importance ? » dit-elle d'une voix lasse et légèrement pâteuse en se laissant aller dans son fauteuil. Agatha devina que, quoi qu'elle en dise, son interlocutrice ne l'avait pas attendue pour lever le coude.

« Mais vous ne voulez pas savoir qui l'a tué ?

– Si, sans doute. Comme ça, je pourrais filer sans plus attendre.

– Vous n'aimiez donc pas votre mari ?

– Je croyais l'aimer. Je voulais l'argent, la sécurité et, croyez-le si vous voulez, des enfants. Mais

Tolly ne pouvait pas en avoir, c'est ce qu'on a découvert, et quand nous sommes arrivés ici et qu'il a décidé que le rôle de sa vie, c'était seigneur de Fryfam, je me suis rendu compte qu'il était ennuyeux comme la pluie. Il s'appelait Terence et à Londres on le surnommait Terry. Mais ici, il a voulu se faire appeler Tolly, histoire de bien s'intégrer à ce milieu de culs pincés de la chasse, avec leurs surnoms ridicules. Ils ont cinq ans d'âge mental, tous ces gens.

– Dans combien de temps pourrez-vous vendre cette maison ?

– Oh là là, je n'en sais rien. Dans pas trop longtemps, j'espère. Vous savez, ça coûte un bras de l'entretenir. Dans une semaine, je vais vendre le bétail. On a des moutons et des vaches. J'ai déjà loué les droits de chasse à tir sur le domaine. Je ne crois pas qu'on puisse m'en empêcher.

– Fryfam est un drôle d'endroit, dit Agatha. D'abord les fées, ensuite les meurtres. Que de passions qui rôdent juste sous la surface !

– Puisqu'on parle de passions, sourit Lucy, comment va le délicieux Charles ?

– Égal à lui-même. C'est juste un ami.

– Je pourrais tenter ma chance. Il est riche ?

– Je crois. Mais c'est le genre d'homme qui, comme par hasard, a oublié son portefeuille quand arrive la note au restaurant.

– Alors pourquoi le supportez-vous ?

– Parce que je n'attends rien de lui.

– Ah. Et vous menez votre enquête, tous les deux ?
– Nous essayons.
– Elle porte ses fruits ?
– J'ai l'impression que nous sommes près du but. Toutes sortes d'indices convergent », dit Agatha sentencieusement. Son gin tonic était très fort. « Je crois que Paul Redfern savait quelque chose et qu'il allait le dire à la police si on ne lui donnait pas d'argent. »

Lucy vida son verre et le reposa : « Il faut que je me remette à mes rangements. »

Agatha se leva sans terminer le sien. Elle se rendit compte que bien qu'elle ait gardé son manteau, elle n'avait pas chaud.

« Le chauffage central est en panne ? demanda-t-elle.
– Il y a de l'air dans les tuyaux ou quelque chose de ce genre. Je vais faire venir le chauffagiste demain.
– Eh bien, au revoir, Lucy, dit Agatha lorsqu'elles furent dans le vestibule.
– Évitez de mettre votre nez partout, cela pourrait vous attirer des ennuis.
– C'est une menace ? fit Agatha, la main sur la poignée de la porte.
– Vous êtes du genre à voir des bandits sous le lit. C'est juste un conseil d'amie. »

Agatha sortit et descendit la longue allée à pied. Elle inspira une grande bouffée d'air pour dissiper les effets du gin, et repassa dans sa tête ce que lui avait appris Lucy. Pas grand-chose, en réalité. Avait-elle réellement envisagé que des braconniers aient pu tuer Paul ? Bizarre qu'une citadine telle que Lucy ait songé à des braconniers. Les adeptes de cette chasse illégale pouvaient être violents, cela, elle le savait par les journaux. Comme ceux qui dynamitaient les étangs à saumons, par exemple. Mais ceux qui posaient des collets pour les lièvres et attrapaient un faisan de temps en temps ? Peu probable.

Elle en discuterait avec Charles. Avait-il trouvé quelque chose de son côté ? Soudain, elle prit conscience qu'elle avait faim. Elle dégrisait.

Elle atteignit enfin son cottage, sortit sa clé massive et l'introduisit dans la serrure. La porte n'était pas fermée à clé. Charles devait être rentré. Elle entra : « C'est moi. » Avisant deux paquets contenant des verrous sur la desserte de l'entrée, elle cria : « Je vois que tu n'as pas encore remplacé les verrous. As-tu appris quelque chose de Rosie ? Lucy avait un amant ? »

Ses deux chats accoururent, le poil hérissé. Elle se baissa pour les caresser. « Allons, allons, chantonna-t-elle, qu'est-ce qui vous a fait peur ? Où est Charles ? »

C'est alors qu'elle sentit quelque chose de dur dans son dos et entendit une voix d'homme : « Allez dans le salon, Mrs Raisin. »

Elle se retourna. Barry Jones était derrière elle, un fusil de chasse à la main.

Elle s'exécuta, tandis que son esprit terrifié s'emballait. Mrs Jackson était installée dans un fauteuil à côté de la cheminée.

« Asseyez-vous et taisez-vous, ordonna-t-elle.

— Vous ! » s'exclama Agatha, s'écroulant dans le fauteuil en face d'elle.

Barry Jones resta debout derrière le canapé, son fusil pointé sur Agatha.

« Nous attendons votre ami, dit Mrs Jackson.

— Pourquoi ? articula Agatha, les lèvres blêmes.

— Vous verrez bien.

— Lucy a dit que Paul avait été assassiné par des crétins. Mais c'était vous et votre fils.

— Elle nous a téléphoné pour nous dire que vous commenciez à soupçonner la vérité. »

Agatha regarda Barry Jones, le beau Barry Jones, qui n'était en réalité plus très beau en ce moment, avec ses yeux durs comme deux cailloux.

« Vous ne pouvez pas nous tuer, Charles et moi. Vous croyez peut-être pouvoir vous en tirer avec deux assassinats. Mais quatre !

— Il n'y aura aucune preuve, grinça Mrs Jackson. Vous disparaîtrez et nous rassemblerons vos affaires et les enterrerons. »

Brusquement, Agatha eut une envie pressante de faire pipi. Mais il était exclu qu'elle souille ses vêtements en face de ces meurtriers. Elle s'efforça d'oublier le péril où elle se trouvait et de se concentrer sur les mobiles de ses agresseurs. Elle regarda de nouveau Barry Jones, le beau Barry, qui n'avait pas les moyens d'entretenir une femme aux goûts de luxe telle que Lucy. À moins que…

« Vous savez ce que je crois ? Vous étiez l'amant de Lucy et c'est elle qui vous a poussé à tuer Tolly, dit-elle. Mais attendez. C'est vous, Betty Jackson, qui lui avez appris l'existence du second testament. Elle a volé le Stubbs et vous l'a confié pour que vous le cachiez. Que s'est-il passé ensuite ? Une dispute avec Tolly ? Il voulait encore modifier son testament et tout laisser à Lizzie ? Ou avait-il découvert la vérité sur les relations entre sa femme et vous ? Quoi qu'il en soit, Barry, vous l'égorgez pendant que Lucy va à Londres pour se forger un alibi. Mais pourquoi avoir déposé le Stubbs chez moi ? Mettons que vous l'ayez brûlé : elle aurait touché la prime de l'assurance.

— Autant que vous le sachiez, dit Mrs Jackson. Lucy pensait que si on vous le refourguait, ça détournerait l'attention de la police sur Lizzie et vous. Et que ça valait la peine, parce qu'elle tirerait déjà une somme suffisante de la vente du domaine.

— Vous vous croyez plus malins, déclara Agatha. Mais vous ne vous en tirerez pas comme ça si vous nous faites disparaître, comme vous dites. Charles fait partie de la haute société et les journaux s'en donneront à cœur joie. L'affaire traînera en longueur. Lucy sera obligée d'attendre son argent pendant une éternité, et vous aussi par la même occasion. Et qu'est-ce qui a bien pu vous faire croire que je savais quelque chose ?

— Quand Lucy nous a appelés, elle nous a dit que vous aviez deviné que Paul nous faisait chanter, et que vous ne tarderiez pas à tout tirer au clair et à en informer la police. »

Agatha entendit ses chats traverser l'entrée et s'immobiliser en ronronnant et en miaulant. Ce doit être Charles qui rentre, pensa-t-elle. Si seulement je pouvais le prévenir. Mais les chats se turent à nouveau. Agatha crispa ses mains croisées pour les empêcher de trembler. Ils allaient la tuer. Avait-elle une seule chance de s'en sortir ?

Elle se leva. « Il faut que j'aille aux toilettes, annonça-t-elle.

— Restez assise ! aboya Mrs Jackson. Vous n'irez nulle part. Sauf dans votre tombe.

— Vous ne pouvez pas nous tirer une balle à chacun, plaida Agatha. On entendra les détonations.

— Qui, "on" ? fit Barry Jones avec un mauvais sourire. Vous êtes au bout de la ruelle. Il n'y a rien à proximité, à part l'église. »

Agatha ferma les yeux et se mit à prier. La peur l'avait rendue sourde. Elle n'entendait plus qu'un bourdonnement dans ses oreilles. « Sortez-moi de là et je vous promets que je ne fumerai plus, que je serai meilleure et que je me consacrerai aux bonnes œuvres. Je sais, je n'ai pas toujours été gentille par le passé, ô Seigneur, mais si vous me sortez de ce mauvais pas, je serai une sainte. » Elle sentit alors qu'elle allait se faire pipi dessus et avec un gémissement appuyé, elle ouvrit les yeux. Puis elle battit des paupières, n'en croyant pas ses yeux.

Le salon était empli de policiers. Barry Jones abaissa lentement son fusil, qu'il laissa tomber sur le canapé. L'inspecteur Hand s'avança pour lui passer les menottes ainsi qu'à sa mère.

« Où allez-vous, Mrs Raisin ? lança-t-il en voyant Agatha se ruer frénétiquement hors du salon.

– Aux toilettes ! » hurla-t-elle. Et elle monta l'escalier quatre à quatre.

Lorsque Charles et Agatha rentrèrent du commissariat central, il était deux heures du matin.

« Alors voilà, dit Charles, entrant dans le salon et commençant à disposer des allume-feu et des bûches dans l'âtre. Ça m'a vraiment étonné que tu laisses la porte ouverte. En voyant le poil tout hérissé des chats, j'ai compris qu'il se passait quelque chose d'anormal. Alors j'ai fait marche arrière et ai jeté un coup d'œil à la fenêtre du salon. Je savais que Hand et ses collègues étaient au pub, alors je suis allé les chercher et on est arrivés à temps.

– Oui, tu me l'as déjà raconté. Mais tu ne m'as pas dit comment tu avais convaincu Rosie de te confier qu'elle avait surpris Lucy et Barry dans les bois, alors qu'elle n'avait rien dit à la police.

– On a fait ami-ami, dit Charles, le dos tourné tandis qu'il craquait une allumette et allumait le feu.

– Confidences sur l'oreiller ?
– Si tu veux.
– Tu es amoral.
– Allez, Agatha, j'avais deviné qu'elle savait quelque chose. Tu ne croyais tout de même pas que j'allais partir pour Noël en te plantant là toute seule ? J'ai fait ça pour toi.
– Tu vas bientôt me dire que tu as fait ça pour l'Angleterre !
– Aussi, oui. Ne te fâche pas, Agatha. Réfléchis. Dès que Rosie m'a parlé de Barry Jones, j'ai sauté du lit pour aller prévenir la police au pub. Elle était furieuse. Elle a failli m'arracher les yeux et m'a traité de salaud. »

Agatha s'assit et tendit les mains vers le feu.

« Mais tu n'as même pas cherché à me mettre au courant d'abord. Tu voulais toute la gloire pour toi.
– Je ne savais pas où tu étais. Je suis revenu te chercher.
– Parfois, j'ai l'impression de ne pas vraiment te connaître, Charles.
– Connaît-on jamais les autres ? dit-il avec légèreté. Le mystère est résolu. Et tout concorde avec ce que tu avais dit à la police, donc tout le mérite te revient. C'est bien Lucy qui a poussé Barry à tuer Tolly. Tu es fatiguée. Allons nous coucher. Et tu as eu une sacrée peur. »

Malgré sa fatigue, Agatha resta longtemps éveillée. James. Soudain, son esprit était à nouveau envahi par James Lacey. Un homme fort, lui, pas un petit coureur de jupons comme Charles, pensa Agatha, oubliant que James était un séducteur aussi impénitent que Charles. Elle avait une image mentale très nette de James, avec son visage aux traits accusés, ses yeux bleu vif, sa haute silhouette longiligne et ses épais cheveux bruns grisonnant sur les tempes. Elle eut tout à coup une envie folle de se retrouver à Carsely et de l'arracher aux griffes de la mystérieuse Mrs Sheppard.

Elle fut réveillée à neuf heures le lendemain matin par Charles qui lui criait qu'une voiture de police les attendait pour les conduire au commissariat central afin de compléter leurs dépositions. Elle se hâta de faire sa toilette et de s'habiller, et descendit le rejoindre en grommelant : « J'ai déjà passé toute la soirée d'hier à parler à la police. »

Elle fut interrogée par l'inspecteur Hand, qui lui fit répéter une fois de plus sa version des événements de la veille. Puis il déclara : « Vous avez eu de la chance que sir Charles ait eu la présence d'esprit de nous appeler. Vous avez couru de grands risques en gardant des informations par-devers vous.

– Mais je ne savais rien ! s'écria Agatha. Comment aurais-je pu vous raconter ce que j'ignorais ?

– Vous avez failli vous faire tuer parce que vous aviez dit à Mrs Trumpington-James que vous preniez Paul Redfern pour un maître-chanteur, et que vous étiez tombée pile.

– L'idée m'est venue pendant ma conversation avec elle, grogna Agatha. Comment aurais-je pu vous dire quoi que ce soit alors que je n'y avais pas encore pensé ?

– Évitez à l'avenir de mettre votre nez dans le travail de la police.

– Si nous n'y avions pas mis le nez, rétorqua Agatha, vous seriez toujours en train de chercher l'assassin. Si vous en voulez d'autres, de ces fichues dépositions, vous me trouverez à Carsely. Je rentre chez moi. »

Quand Charles vint la rejoindre, Agatha n'avait pas encore cuvé sa colère.

« Du calme ! dit-il en voyant sa mine furibonde. À moi aussi, ils ont fait passer un sale quart d'heure. On aurait pu croire qu'ils nous seraient au moins reconnaissants. Allons manger, et ensuite nous irons voir Lizzie.

– Pourquoi diable aller la voir, celle-là ?

– Allons, Aggie, ce serait la moindre des choses. »

Agatha grogna et pesta tout au long du repas contre les iniquités de la police et son ingratitude.

Après le déjeuner, alors qu'ils se dirigeaient vers l'appartement de Lizzie, Agatha aperçut Mrs Tite, la femme à qui elle avait donné vingt livres pour son enquête fictive sur le café.

« Vous revenez me voir ? demanda celle-ci.

– En fait, c'est Mrs Findlay que je venais voir.

– Oh, la gentille petite Mrs Findlay a déménagé.

– Vous savez où elle est allée ?

– Elle a parlé de parents à la campagne. »

Ils la remercièrent et s'éloignèrent.

« Je parie qu'elle est retournée chez elle, dit soudain Charles.

– Quelle idée !

– J'ai toujours été persuadé qu'elle le ferait.

– Mais elle s'est échappée. Elle mène une nouvelle vie maintenant.

– Elle a été trop longtemps enchaînée, riposta Charles. C'est le syndrome de Stockholm. L'otage finit par aimer son geôlier.

– Monsieur Je-sais-tout ! Je te parie cinq livres qu'elle ne s'est pas approchée du capitaine.

– Pari tenu. »

Et bien entendu, à Breakham, ce fut Lizzie qui vint leur ouvrir, en tablier, une trace de farine sur la joue.

« Venez dans la cuisine, je fais des gâteaux pour la vente de charité de l'église.

– Où est le capitaine ? demanda nerveusement Agatha.

– Oh, il doit être à la ferme.

– Pourquoi diable avez-vous repris la vie commune ? »

Lizzie se pencha pour sortir du four une plaque couverte de biscuits de Savoie.

« Je savais que Tommy serait incapable de se débrouiller sans moi. »

Elle portait une paire de lentilles de contact bleu vif et ses cheveux joliment coiffés de façon souple lui entouraient le visage.

« Tout ça lui a fait le plus grand bien, reprit-elle.
— Alors vous n'allez pas vendre le Stubbs et partir ?
— Partir ? Oh non. Nous allons vendre le Stubbs, ça oui. Le toit a besoin de réparations et ensuite, nous irons peut-être faire une croisière. Puis-je vous offrir du café ou autre chose ? Même si, comme vous voyez, je suis très occupée. »

Lorsqu'ils furent au-dehors, Agatha tendit à Charles un billet de cinq livres.

« Je n'y crois toujours pas ! dit-elle.
— Ils ne la feront jamais, cette croisière. Il va petit à petit reprendre son ascendant et il n'y aura plus de prochaine fois pour Lizzie.
— Bien fait pour elle, lança Agatha. Je l'ai toujours trouvée antipathique. »

De retour à Fryfam, Agatha téléphona à l'agent immobilier pour lui annoncer qu'elle comptait quitter les lieux le lendemain matin, et qu'elle voulait récupérer sa caution ainsi que le loyer des semaines où elle n'occuperait pas la maison. Mr Bryman lui répliqua que s'il était prêt à lui rendre sa caution, il était hors de question qu'il rembourse le reste. Mais lorsque Agatha, sautant sur l'occasion de décharger sa bile, lui eut dit ce qu'elle pensait de Fryfam et de ses meurtres et l'eut menacé de le traîner devant le tribunal d'instance, il céda et promit d'envoyer un chèque.

Quant à Charles, Agatha lui en voulait encore. Savoir qu'il avait couché avec Rosie rendait plus anodine la nuit qu'elle avait elle-même passée avec lui. Et elle pensait constamment à James.

Elle sortit dans le jardin de derrière recouvert de givre. Elle se figea. De petites lumières multicolores dansaient sous ses yeux. Elle crut entendre de faibles rires, dont elle ne put déterminer s'ils provenaient de son imagination ou de l'extérieur.

Elle rentra dans le cottage et appela Harriet. « Les petits Jackson ont recommencé leurs bêtises, ronchonna-t-elle. Ils ont allumé des lumières au fond de mon jardin.

– Ça ne peut pas être eux, fit Harriet. Ils ont été conduits dans le Kent, chez la sœur de Mrs Jackson. Ça doit être les fées. Alors, c'est Lucy qui est coupable, finalement ! Qu'est-ce que vous dites de tout ça ? »

Agatha répondit machinalement. Elle entendait encore cet étrange rire surnaturel.

Après son appel, elle regarda dans le jardin : il n'y avait plus rien. Elle n'eut cependant pas le courage d'y aller chercher des bûches. Elle laissa Charles endormi devant le feu moribond et monta se coucher.

9

Le lendemain, Agatha n'osa pas parler à Charles des lumières étranges. Elle l'entendait déjà lui répondre que, si ce n'étaient pas les enfants Jackson, c'était à coup sûr un villageois rancunier. Agatha se souvint qu'une femme commissaire de police lui avait dit qu'un meurtre ne laissait personne indemne.

Et comme on pouvait s'y attendre, le téléphone se mit à carillonner alors qu'elle préparait ses bagages. Des voix anonymes furieuses à l'accent local marqué l'accusaient de se mêler de ce qui ne la regardait pas, et d'être sans doute elle-même l'assassin. Au troisième appel, elle débrancha la prise murale du téléphone.

Quand Charles descendit ses valises, il s'enquit :
« Les gens téléphonent pour nous féliciter ?
– Tu parles ! Ils veulent notre peau, oui.
– Pourquoi ?
– Parce qu'on a fait mettre en taule leur chère Mrs Jackson. Peux-tu m'accompagner jusqu'à ma voiture, Charles ? Je crains de me faire agresser. »

Ils chargèrent leurs deux véhicules et Agatha installa tendrement ses chats dans leurs cages de transport sur la banquette arrière.

Lorsqu'ils sortirent de Pucks Lane pour contourner la place et prendre la route menant hors de Fryfam, Agatha avisa Rosie, parmi un groupe de villageois. À l'approche de la voiture de Charles, le beau visage de Rosie grimaça de colère. Elle lança à la volée une brique droit sur le véhicule. La fenêtre du côté passager vola en éclats. Charles accéléra et Agatha aussi.

Bientôt, ils sortirent à vive allure de Fryfam. Au bout de quelques kilomètres, Charles s'arrêta à la première station-service, et Agatha gara sa voiture derrière lui.

« Ça va ? demanda-t-elle, descendant pour aller inspecter les dommages sur celle de Charles.

– J'ai eu de la chance de ne pas être blessé, constata-t-il.

– Tiens, voilà mon téléphone. Appelle la police.

– Non. Rosie doit avoir l'impression que je l'ai utilisée. Elle sait sans doute que j'ai dénoncé Barry à la police. Je téléphonerai à ces spécialistes des pare-brise quand nous ferons une pause pour déjeuner. Ils interviennent très rapidement de nos jours. Et je garderai la brique en souvenir.

– Alors, reprenons la route, j'ai peur qu'ils ne se mettent à nos trousses. »

Ils s'arrêtèrent quelques kilomètres plus loin, pour déjeuner. Charles appela le réparateur et commanda une nouvelle vitre. Au cours du repas, Agatha l'examina attentivement.

« Tu n'as pas dit à Rosie que tu l'aimais, ou fait des serments de ce genre ?

— Pas exactement. Arrête de me regarder avec ces yeux furibonds, Aggie. Qui sait qui couche avec qui dans ce village de malheur ?

— Tu devrais garder cette brique pour te rappeler de ne pas baisser ton pantalon aussi vite la prochaine fois.

— Ah, vraiment ? Et qui t'a sauvé la vie, sale ingrate ?

— Mmouais..., marmonna Agatha.

— Contente de rentrer ?

— Ça oui !

— James t'attend ?

— Ne parlons pas de lui.

— Si, justement. Tu sais, il faut que tu ailles voir ce psy dont je t'ai parlé.

— Je n'ai pas besoin d'un psy.

— Quand il s'agit de James Lacey, tu as besoin qu'on te remette les idées en place.

— Lâche-moi. J'y réfléchirai. »

Le réparateur arriva avec des papiers que Charles signa, et l'informa que la vitre cassée serait remplacée d'ici quelques minutes.

« On peut partir à présent, dit Charles dès que ce fut fait. Ça ne t'ennuie pas de régler l'addition, Aggie ? Je suis un peu à court. »

Lorsque Agatha emprunta enfin le dernier virage de la route de campagne sinueuse qui menait à Carsely, elle était épuisée. Elle s'était imaginé qu'il ferait bon et que le soleil brillerait sur son village, mais la nuit était déjà tombée et du givre scintillait sur les branches des arbres qui formaient un berceau au-dessus de la route.

En arrivant à Lilac Lane, elle vit de la lumière chez James et un sentiment de fébrilité l'envahit, lui coupant le souffle. Mais la peur de se faire recevoir froidement l'empêcha de s'arrêter devant le cottage de son voisin et de se précipiter pour le voir.

Elle avait téléphoné à sa femme de ménage, Doris Simpson, pour l'avertir de son retour. Il faisait bon dans la maison. Doris avait allumé le chauffage central. Sur la table de la cuisine l'attendait un ragoût avec un message de bienvenue de Mrs Bloxby.

« Mais pourquoi suis-je partie ? » prononça Agatha tout haut. Elle libéra ses chats et sortit chercher ses bagages.

Une grande femme blonde était juste en train de quitter le cottage de James. Mrs Sheppard, sans doute, pensa Agatha avec amertume. La femme s'approcha d'elle. « Bienvenue au village ! fit-elle. Vous devez être Mrs Raisin. Je suis Melissa Sheppard.

– Enchantée, dit Agatha, d'un air qui démentait ses paroles.

– Voulez-vous que je vous aide à rentrer vos bagages ? »

Agatha ouvrit la bouche pour répondre un « non » farouche, mais se ravisa. Il fallait qu'elle sache quel était le degré d'intimité entre cette femme et James.

« C'est très gentil », répondit-elle donc.

Melissa Sheppard était blonde, la quarantaine mince, mais ce n'était pas la sirène qu'avait imaginée Agatha.

« Posez juste cette valise dans l'entrée, je m'en occuperai plus tard. Un café ?

– Si ça ne vous dérange pas trop.

– Pas du tout. Venez dans la cuisine.

– Je sors de chez votre voisin, dit Melissa. Je lui ai apporté une de mes génoises. Ces célibataires ne savent pas prendre soin d'eux-mêmes.

– J'ai toujours trouvé James plutôt autonome, fit Agatha en branchant la bouilloire.

– Il m'a raconté que vous aviez enquêté ensemble sur plusieurs affaires criminelles. Passionnant ! Et vous avez été mêlée à un autre assassinat ? Mais quand j'ai dit à James : "Oh la pauvre !", il a répondu : "Ne t'inquiète pas pour Agatha, elle est redoutable." » Là-dessus, Melissa eut un rire de gorge.

« Je me sens très fatiguée, tout à coup, dit Agatha. Ça ne vous ennuie pas qu'on remette le café à un autre jour ?

– Non, pas du tout. Je suis tout le temps chez

James, donc nous aurons l'occasion de nous voir très souvent. »

Agatha la raccompagna à la porte, qu'elle claqua derrière sa visiteuse avec une vigueur superflue. Elle prit alors son téléphone et appela Charles.

« C'est quoi, le nom de ton psy ? »

Le lendemain, Agatha prit le chemin du presbytère. Il faisait aussi froid qu'à Fryfam. Peut-être critiquait-on le temps du Norfolk dans l'espoir de se consoler à l'idée que l'hiver anglais était encore plus rude dans un autre coin du pays.

Mrs Bloxby accueillit Agatha avec effusion. « Entrez, j'attends avec impatience que vous me racontiez toutes vos aventures. »

Agatha s'installa confortablement dans un des fauteuils du salon, devant le feu.

« Je vais chercher le thé », dit Mrs Bloxby.

Agatha avait pris rendez-vous avec le psychothérapeute la semaine suivante. Elle rêvait maintenant de rentrer à Carsely après une unique consultation, guérie de son attachement obsessionnel à James Lacey.

Mrs Bloxby arriva, les bras chargés d'un plateau à thé. « Ce cake aux fruits confits est délicieux. Un cadeau de Mrs Sheppard.

– Oh, elle ! Je l'ai rencontrée hier. Elle a jeté son dévolu sur James, on dirait. »

La conscience de Mrs Bloxby la travaillait. Elle aurait dû dire à Agatha que James se sentait harcelé jour et nuit par Mrs Sheppard. Mais elle savait combien il avait fait souffrir Agatha. Elle savait aussi qu'au départ c'était James qui avait « fait du rentre-dedans » à Mrs Sheppard, pour utiliser une expression déplaisante mais exacte. Si à présent celle-ci le harcelait, il ne l'avait pas volé. Mrs Bloxby se garda donc de tout commentaire et demanda : « Parlez-moi donc de Fryfam. »

Ce que fit Agatha. Et quand elle eut terminé le récit de ses aventures, elle céda à l'impulsion soudaine d'évoquer les lumières des fées.

« "Il y a plus de choses dans le ciel et sur la terre, Horatio, que n'en peut rêver notre philosophie", récita Mrs Bloxby.

– Qui diable est cet Horatio ? fit Agatha.

– C'est une citation de *Hamlet*. Je l'ai sans doute écorchée. Ce que je veux dire, c'est que des choses bizarres peuvent se produire. À l'inverse, si, d'après ce que je comprends, certains des villageois vous en voulaient, alors il se peut qu'ils aient cherché à vous faire peur.

– Peut-être. Mais il n'y avait pas que des lumières. Il y avait aussi ce rire lointain. J'avais l'impression qu'il venait en partie de mon imagination.

– Ne vous tracassez plus à ce sujet. Vous êtes chez vous maintenant. Parlez-moi de Charles. Il doit vous être très attaché, s'il est resté à vos côtés pendant toutes ces aventures.

– Je ne sais pas ce que Charles pense de moi. Ce

cake est excellent, je dois le reconnaître. Comme de bien entendu, elle est bonne pâtissière, cette sale garce. Oui, je crois que Charles s'ennuie facilement et que c'est pour ça qu'il est resté. Les meurtres lui ont fourni une distraction.

– Ça paraît un peu cynique quand même.

– Je ne sais vraiment pas ce que pense Charles de moi, pas plus que je n'ai jamais su ce que James en pensait.

– Ce ne sont pas les hommes qui manquent, Mrs Raisin.

– Pour les femmes de mon âge, si.

– Ne dites pas de bêtise. Vous avez été si obnubilée par James que vous n'avez jamais eu d'yeux pour personne d'autre. »

Agatha était sur le point de parler à Mrs Bloxby de sa prochaine visite chez le psy, mais elle se ravisa. Avouer qu'elle allait consulter un psy donnerait l'impression qu'elle était une femme faible. Cela revenait à admettre qu'il y avait chez elle une faille affective, et qu'elle était incapable de se débrouiller seule.

Elles parlèrent de choses et d'autres concernant la paroisse et Agatha se leva pour prendre congé.

« Vous avez fait votre deuil de James, n'est-ce pas ? demanda Mrs Bloxby sur le pas de la porte.

– Oh, bien évidemment », répondit Agatha, mais en évitant le regard de Mrs Bloxby. Et elle partit à pas pressés, tête baissée.

Doris Simpson, sa femme de ménage, l'attendait chez elle.

« Comment va mon chat de Wyckhadden ? » demanda Agatha. Elle avait rapporté un chat d'une de ses précédentes « affaires » mais avait trouvé que trois chats, c'était un peu trop, et comme le nouveau adorait Doris, celle-ci l'avait pris chez elle.

« Toujours aussi heureux, dit Doris. Vous avez encore besoin de moi aujourd'hui ?

– Pas pour le moment, tout a l'air parfait. Je n'ai pas encore défait mes bagages. »

On sonna.

« Vous voulez que j'aille voir ? proposa Doris.

– Non, je m'en occupe. Filez, on se verra demain. »

Agatha alla ouvrir et se trouva face à Mrs Sheppard.

« James est là ? demanda celle-ci avec un naturel feint. Je lui ai fait une tourte aux épinards. »

Agatha sortit dans son jardin de devant et regarda le cottage de James. Elle aperçut à la fenêtre du palier à mi-étage un visage qui disparut aussitôt.

« Vous avez sonné chez lui ?

– Oui, mais il n'y a pas eu de réponse. »

Je suis sûre que c'était James à cette fenêtre, se dit Agatha, avec une brusque bouffée d'espoir.

« Il est peut-être parti faire un tour en voiture.

– Mais non, sa voiture est là.

– Ah, c'est vrai. Il descend souvent chercher son journal à cette heure-ci.

– Je vais essayer le marchand de journaux », dit Melissa, qui partit à la hâte.

Agatha rentra. Ses doigts la démangeaient tant elle avait envie d'appeler James. Mais il fallait que ce soit lui qui prenne l'initiative. Elle ne pourrait supporter de se faire éconduire.

Elle monta donc, se mit à sortir ses vêtements de ses valises, à les trier pour en mettre une partie dans le panier à linge sale. On sonna de nouveau et Agatha se précipita en bas pour ouvrir. Son ami, l'inspecteur Bill Wong, se tenait sur le seuil.

« Je me demandais si vous reviendriez vivante ! s'exclama-t-il.

– Entrez prendre un café. Dites-moi, il est presque l'heure de déjeuner. Je n'ai pas encore fait de courses, mais je suis sûre que j'ai quelque chose dans le congélateur.

– Je ne peux pas rester très longtemps, dit Bill. L'inspecteur principal Hand ne vous aime vraiment pas.

– Ah, pourtant, nous lui avons résolu son affaire.

– Il jure qu'il était déjà arrivé aux mêmes conclusions et que vous avez pris des risques inutiles.

– Que peut-il dire d'autre ? Il est bien obligé de masquer son incompétence.

– Possible. Allez, racontez-moi tout. »

Bill fut amusé d'entendre le compte rendu minimaliste et factuel qu'elle lui donna. L'ancienne Agatha l'aurait régalé d'une histoire hautement enjolivée. Il ignorait que l'esprit de son amie était presque entièrement occupé par James.

« Allez, il faut que je retourne au travail maintenant, dit-il. Je suis ravi que vous soyez de retour. On dîne ensemble, la semaine prochaine ?

– Avec plaisir. Appelez-moi. »

Agatha agita la main pour le saluer, puis alla chercher son linge sale et commença à charger sa machine à laver.

On sonna une fois de plus. Elle hésita à répondre, mais finalement alla ouvrir.

James Lacey était devant elle, la dominant de toute sa stature. Elle l'avait imaginée tant de fois, cette scène, qu'au début elle se dit que si elle clignait des yeux très fort, la vision disparaîtrait et elle se retrouverait face à quelqu'un d'ordinaire, le facteur par exemple.

« Tu m'offres un café, Agatha ? Dis donc, tu as une poussière dans l'œil ou quoi ?

– Non, tout va bien. Entre. Melissa te cherche.

– Oh, quel pot de colle, celle-là !

– Veux-tu mettre la bouilloire en route ? Je monte une minute. »

Elle fonça dans sa chambre, se maquilla soigneusement et brossa son épaisse chevelure jusqu'à ce qu'elle brille, puis redescendit.

James était debout, le dos tourné, mettant des cuillerées de café soluble dans deux mugs.

Il se retourna. Oh, ce sourire !

« Alors, qu'est-ce que c'est que ce micmac et ces crimes auxquels tu as été mêlée ? »

Agatha s'assit donc pour raconter son histoire une énième fois.

James lui donna un mug, s'installa en face d'elle et étendit ses longues jambes. Quand elle eut fini, il fit remarquer :

« Charles et toi semblez très proches.

— Oh non, c'est juste un ami, protesta Agatha.

— Vous étiez plus qu'amis à Chypre.

— C'était un accident, dit Agatha, rougissant. J'étais bouleversée et tu me traitais très mal. » Elle se sentit soudain malheureuse. James s'agaçait. Il n'allait pas tarder à se lever et à partir, et ce serait réglé.

« Je voulais aller te retrouver dans le Norfolk, mais Mrs Bloxby m'a dit que Charles et toi étiez ensemble.

— Elle n'a pas pu dire une chose pareille ! s'exclama Agatha, stupéfaite. Ce n'est pas possible. Pas Mrs Bloxby !

— Maintenant que j'y pense, elle l'a seulement laissé entendre.

— Il n'y a rien entre lui et moi, et il n'y aura jamais rien. Qu'est-ce que ça peut te faire, de toute façon ?

— J'avais l'intention de t'inviter pour un dîner romantique, mais tant pis, je vais aller droit au but. Agatha Raisin, veux-tu m'épouser ? »

Agatha se cramponna à la table de la cuisine pour ne pas tomber.

« J'ai bien entendu ? Tu veux m'épouser ?

— Oui.

— Pourquoi ? »

James eut l'air irrité.

« Parce que la vie sans toi est ennuyeuse et que des enquiquineuses dans le genre de Melissa Sheppard me poursuivent. »

Le peu de bon sens qui restait dans l'esprit d'Agatha lui hurlait qu'il n'avait pas parlé d'amour une seconde. Elle fit la sourde oreille.

« Oui, d'accord, accepta-t-elle. Quand ?

— Après les fêtes de Noël. En janvier. J'irai à la mairie de Mircester pour faire les démarches nécessaires.

— Tu n'as pas envie d'un mariage à l'église ? tenta Agatha.

— Pas vraiment.

— Ah bon, comme tu voudras. »

James se leva. « Je passerai te chercher à huit heures pour aller dîner.

— D'accord. »

Il l'embrassa sur les cheveux et partit.

Agatha resta assise, stupéfaite.

Après cette nostalgie et cette attente, l'incroyable s'était produit.

La sonnette retentit à nouveau.

Melissa Sheppard, encore elle.

« On m'a dit que James était passé, dit-elle.

– En effet, répondit Agatha, le visage rayonnant. Nous allons nous marier.

– Mais ce n'est pas possible !

– Et je peux vous demander pourquoi ?

– Il couche avec moi.

– Fichez-moi le camp ! » Et Agatha lui claqua la porte au nez. Ses mains tremblaient. Non, elle n'allait pas attaquer James au sujet de Melissa. Il épousait Agatha Raisin, point, barre. Rien ni personne ne se mettrait en travers. Elle essaya de se concentrer sur des tâches domestiques, mais en pure perte. Elle finit par appeler Charles.

« Je vais annuler le rendez-vous avec ce psy, annonça-t-elle. James et moi allons nous marier.

– Grosse erreur, chérie. Il va essayer de te transformer en Lizzie et comme il n'y arrivera pas, vous vous disputerez comme des chiffonniers.

– Tu dis n'importe quoi ! J'ai bien envie de ne pas t'inviter à la cérémonie.

– Je ne manquerais ça pour rien au monde. J'ai toujours adoré les enterrements. »

Furieuse, Agatha lui raccrocha au nez. Puis elle se dit que Mrs Bloxby, cette chère Mrs Bloxby, lui souhaiterait bonne chance.

Elle mit son manteau et s'en fut au presbytère.

« Que se passe-t-il ? s'inquiéta Mrs Bloxby quand elle lui ouvrit la porte. Vous semblez soucieuse. Entrez.

– Je suis la plus heureuse des femmes, déclara fermement Agatha.

– Pourquoi donc ?
– James et moi nous marions.
– Oh, Agatha Raisin, quelle sottise !
– Que voulez-vous dire ?
– Vous allez droit à la catastrophe. Oh, c'est un homme charmant, je vous l'accorde, mais quand il s'agit des femmes, il est froid et égoïste. Il a eu une passade avec Mrs Sheppard, avant de trouver qu'elle l'ennuyait à mourir. Je vous en conjure, dites non.
– Dire que je vous prenais pour une amie, glapit Agatha. Allez tous vous faire voir. J'épouse James Lacey et personne ne m'en empêchera. »

Dont acte. Agatha Raisin et James Lacey se marièrent un jour glacial de janvier au bureau de l'état civil de Mircester. La mariée portait un élégant tailleur en lainage beige et un audacieux chapeau. Aucune réception n'était prévue car James et elle partaient en voyage de noces à Vienne sitôt la cérémonie terminée.

L'« enterrement », comme avait dit Charles, eut lieu au presbytère, où la femme du pasteur avait convié plusieurs amis d'Agatha pour un lunch buffet.

« Cette pauvre Mrs Raisin, soupira Mrs Bloxby. Je suis surprise qu'elle nous ait invités à assister au mariage, nous autres, oiseaux de mauvais augure.
– Elle n'avait pas l'air heureuse du tout, déclara

Roy Silver, qui avait jadis travaillé dans l'agence de communication d'Agatha.

– Je le trouve un peu tyrannique, intervint Doris Simpson. Agatha a gardé son cottage, vous savez, et quand il l'a trouvée en train de faire une lessive pour lui, il a commencé à lui faire une scène sous prétexte qu'elle n'avait pas séparé le blanc des couleurs.

– Si quelqu'un peut le mettre au pas, c'est bien cette chère Aggie », conclut Roy.

Charles se servit une part de gâteau.

« Elle finira par le tuer, oui. »

Il y eut un silence stupéfait.

« Je plaisante, dit Charles. Délicieux, ce gâteau. »

AGATHA RAISIN ENQUÊTE
AUX ÉDITIONS ALBIN MICHEL

1. LA QUICHE FATALE
2. REMÈDE DE CHEVAL
3. PAS DE POT POUR LA JARDINIÈRE
4. RANDONNÉE MORTELLE
5. POUR LE MEILLEUR ET POUR LE PIRE
6. VACANCES TOUS RISQUES
7. À LA CLAIRE FONTAINE
8. COIFFEUR POUR DAMES
9. SALE TEMPS POUR LES SORCIÈRES
10. PANIQUE AU MANOIR

Composition Nord Compo
Impression CPI Bussière en mars 2018
Éditions Albin Michel
22, rue Huyghens, 75014 Paris
www.albin-michel.fr
ISBN : 978-2-226-40034-5
N° d'édition : 22829/02 – N° d'impression : 2035845
Dépôt légal : mars 2018
Imprimé en France